© 2019 Hrafnarson, Grimnir; O´Bain, Desiré
Herstellung und Verlag: BoD – Books on Demand, Norderstedt
ISBN: 9783743159129
Cover: iStock.com/jsteck

Alle Rechte vorbehalten. Abdruck und Verwendung nur mit schriftlicher Genehmigung der Autoren.

Schatten über Freyhausen

Chronik des Wanderers

Band 1

röhnend schlug die antike, liebevoll gearbeitete Stehuhr zur vollen Stunde und rief zur Studienzeit. Ihr Harfenklang erfüllte den hohen Raum mit Wehmut und Vorgeschmack von Engelschören. Gehüllt in den ledrigen Geruch alter Bücher verharrte die Bibliothek in kontemplativem Schweigen. Duftender, frisch aufgebrühter Jasmintee übertünchte den staubigen Geruch alter Pergamentrollen und Folianten, die sich in den Regalen stapelten.

Sonnenlicht durchdrang die Glasscheiben der hohen Fenster und schenkte der Bibliothek frühsommerliche Wärme. Staubflocken wirbelten auf und nieder und erfüllten die eindringenden Sonnenstrahlen mit einem Hauch Leben. Sie zogen ihren Weg über ledergebundene Buchrücken und hatten über die Jahre hinweg ihre Spuren hinterlassen. Ungezählte Bücher füllten die Bibliothek mit einem Schatz an Wissen und Geheimnissen. Alte Folianten ruhten in eigenen Regalen. Empfindliche Exemplare fanden ihren Platz in schützenden Glaskästen. Über allem wachte zwischen den hohen Fensterfronten die heilige Katharina von Alexandria zum Schutze dieses Wissen.

Das einzige Zugeständnis an das 21. Jahrhundert fand sich auf einem kleinen Arbeitstisch unter einem schlichten Holzkreuz. Ein moderner Computer gewährte Zugang zu alten, eingescannten Texten und einer umfangreichen Datenbank, zugänglich für jeden interessierten Mönch wie Novizen.

In einem der antiquarischen Ledersessel saß seit geraumer Zeit ein Novize und studierte eine alte Pergamentrolle in seiner Hand. Fein gearbeitete Malereien umrahmten die zarten Linien des darauf Geschriebenen. Längst hatte er sich im Studium des darauf verfassten lateinischen Textes verloren und alles um sich herum vergessen.

„Tee?"
„Ja, gerne, Danke!"

Kaum vermochte er sich von der Rolle zu lösen. Faszination stand ihm ins Gesicht geschrieben. Rollte diese schließlich doch zusammen und legte sie neben sich, bevor er die Tasse Tee entgegennahm, die ihm ein Dominikanermönch in den besten Jahren reichte.

Eine weitere Tasse in Händen haltend, nahm der Mönch neben dem Novizen Platz. Verführerisch duftete der Tee vor sich hin. Zu heiß, um ihn zu trinken, stellte er die Tasse auf ein Tischchen neben sich und betrachtete seinen Schüler. Dessen Fortschritte in letzter Zeit waren erstaunlich, begleitet von hohem Interesse für das Wissen und die Kenntnisse jenes weißen Habits, den er trug.

Ein begabter Bursche mit Verstand unter seinen aschblonden Haaren und hinter den blaugrauen Augen. Im Gegensatz zu seinen Altersgenossen hatte ihn das weltliche Leben selbst in Kindertagen nie interessiert. Aus freien Stücken heraus, hatte er bereits in zarten Jahren damit begonnen Latein zu erlernen.

„Nun? Wie steht es um deine Studien, Franziskus?"
„Vater, ich muss Ihnen gestehen, das Studium macht mir Freude."
„Das ist gut zu hören. Wie kommst du voran?"
„Mit den von Ihnen vorgegebenen Büchern und Unterlagen bin ich durch. Sie waren überaus erbauend und lehrreich."

Wissensdurstig und doch bescheiden sah er seinen Mentor und Lehrer an.

„Vater, vor geraumer Zeit sprachen Sie von gewissen „Vorkommnissen", von denen Sie mir beizeiten erzählen wollten. Diese Pergamente fand ich in der Bibliothek. Ich wollte Sie fragen, ob es sich hierbei um die von Ihnen angesprochenen „Vorkommnisse" handeln könnte."

Behutsam stellte Franziskus die Teetasse beiseite, griff nach einem handlichen Päckchen, das die ganze Zeit neben ihm gelegen hatte und reichte es dem Mönch. Stirnrunzelnd nahm dieser es entgegen. Es kam ihm bekannt vor, doch woher nur?

„Wo hast du das gefunden?"
„Vater, Sie kennen mit Sicherheit die Truhen im Archiv. In einer von ihnen lag ein altes Buch, abgegriffen und zerschlissen. Ich bin zwar kein Restaurator, jedoch hätte dieses Büchlein einiges an Aufmerksamkeit verdient. Als ich es in die Hand nahm um an die darunter liegenden Bücher zu gelangen, öffnete sich der daran befestigte Verschluss. Sie können gewiss mein Erstaunen nachvollziehen, als ich feststellte, daß dieses Buch innseitig über einen Leerraum verfügte, in dem ich dieses Päckchen fand. Bei der genaueren Betrachtung schien mir, als hätte mich ein Engel geleitet."

Schweigend betrachtete der Mönch den Packen Pergamente in seiner Hand. Umschlungen mit einer dünnen, roten Leinenkordel, an dem, wie an einem Rosenkranz, ein schlichtes Holzkreuz hing, hob er es stirnrunzelnd höher und betrachtete es genauer. Nur zu gut erinnerte er sich daran, wie er die Pergamente eingebunden und vor einer Ewigkeit in dieses Büchlein gepackt hatte.

Wie passend, dass gerade sein Schüler es gefunden und mitgenommen hatte.

„Hast du es geöffnet?"

Fragend hob Franziskus seine linke Braue und blickte seinen Lehrer über die Maße erstaunt an.

„Aber natürlich Vater. Wie hätte ich sonst wissen können, was sich darin verbirgt? Allerdings beschränkte ich mich bislang auf diese eine Rolle."

Schweigend nahm der Mönch sie entgegen. Er drehte die Pergamente in seiner Hand, zwirbelte an seinem Bart und blickte gedankenversunken aus dem Fenster hinaus ins lichtdurchflutete Firmament. Gemächlich trieb ein Windhauch Schönwetterwolken vor sich her und versetzte den Mönch in sinnierende Stimmung. Wohl mochte die Zeit gekommen sein, seinem Schüler diese eigenhändig verfassten Dokumente näherzubringen.

„All diese Dokumente hier ... sie wurden von einem einzelnen Mönch geschrieben ... sie alle ..."

Mehr zu sich sprechend, erinnerte sich der Ordensbruder, wie er tagelang beim Verfassen um passende Worte gerungen hatte. Jenes alte Büchlein, von dem Franziskus sprach, trug er über viele Jahre hinweg beständig mit sich, einer Mahnung und Erinnerung gleich.

„Vater Heynrich, mir scheint, als fehlten Daten und Fakten. Jene Rolle, die ich Ihnen als Letztes gab, erzählt über das Kloster Freyhausen. In Anbetracht sonstiger penibler Genauigkeit erstaunt mich die Lückenhaftigkeit der Angaben. Wo sind die Namen der Nonnen und die Jahreszahl, wo befand sich das Kloster? Existiert es heute überhaupt noch?"

In sich gekehrt erinnerte sich der Mönch des angesprochenen Falles. Freyhausen war ein eigenes Thema, das ihm über viele Folgejahre hinweg Bauchschmerzen verursachte. Da war diese eine Nonne gewesen ...

„Vater?"

Bruder Heynrich blickte Franziskus mit einem eigenartigen Ausdruck in den Augen an, den dieser bei seinem Mentor nie zuvor gesehen hatte.

„Was du sagst, stimmt. Das Kloster Freyhausen war ... speziell, ein Vorkommnis, das niemals seinen Weg in die offiziellen Unterlagen der Kirche Einzug hielt. Der Dämon, um den es in diesem Fall ging, war wider jeglicher Natur."
„Vater, wie ist dies zu verstehen?"

In der Mimik seines Schützlings erkannte der Mönch höchstes Interesse. In Erinnerungen schwelgend griff er nach der Tasse Tee. Zwischenzeitlich perfekt temperiert trank er davon und behielt sie in seiner Hand.

„Du hast recht, sie sind unvollständig. Der Grund dahinter ist simpel – sie waren rein als private Aufzeichnungen gedacht. Finden sollte sie nur jemand mit reinem Herzen. Da du sie gefunden hast ..."

Erneut hegte er den Verdacht, sein Schützling sei von höherer Stelle gesegnet.

„Vor geraumer Zeit gab ich dir ein Versprechen. Es ist soweit, dieses Versprechen einzulösen."
„Vater?"
„Was ich dir heute erzähle, bleibt unter Verschluss. Du wirst keinem davon berichten, geschweige denn Aufzeichnungen davon machen. Sei dir darüber im Klaren, würde die Welt davon erfahren, wäre sie nicht mehr die Selbe. Ich erwarte, dass du darüber schweigst!"

Ein dezentes Kopfnicken des Novizen genügte dem Mönch als Zustimmung.

Silbernes Mondlicht schimmerte durch aufgerissene Wolkenfetzen. Sanfte Strahlen des Himmelskörpers verzauberten die Waldwiese, durch die sich ein schmaler Pfad an dornigen Sträuchern vorbeischlängelte. Hagebutten hingen daran, weich und süß nach den ersten Frostnächten, bereit gesammelt zu werden. Darunter ruhten einzelne Waldbewohner bereits im Winterschlaf.

Dicht am Rande der Lichtung stehend, wachte eine alte, knorrige Eiche wohlwollend über die Wiese mit ihren Dornenbüschen, hohen Gräsern und dem kleinen Steinbrunnen, der zu jeder Jahreszeit erschöpften Reisenden und Waldtieren frisches, klares Quellwasser spendete. Glucksend sickerte das kühle Wasser zwischen abgeschliffenen Steinen hinab und entschwand in einem schmalen Rinnsal zwischen den Nadelbäumen.

Nachtstille hatte sich über den Wald gelegt, die Natur kam zur Ruhe. Unter den ausladenden Zweigen der Eiche gönnte sich eine einzelne Gestalt eine kurze Ruhepause. Tief durchatmend strömte kühle Nachtluft in ihre Lungen. Es roch nach Schnee. Die Winterzeit war zum Greifen nahe. Kälte kroch ihr unter die Kleidung und ließ sie frösteln.

Wolken zogen am Firmament auf. Es war Zeit weiterzuziehen. Bedächtig löste sich die Gestalt aus dem Schatten der Eiche. Mondlicht fiel auf das weiße Habit eines Mönches, der sich die letzten Reste Erde von der Kleidung klopfte. Aufziehende Wolkenberge kündeten von nahendem Eisregen.

Kaum breiter denn ein Wildwechsel schlängelte sich der Pfad durch die Lichtung, bevor er in den dichten Nadelwald dahinter eintrat. Es erforderte Geschick, nicht über Wurzeln zu stolpern oder auf flachen, regennassen Steinen das Gleichgewicht zu verlieren.

Dicht aneinander gedrängte Nadelbäume hüllten das Waldstück in undurchdringliche Dunkelheit. Gänsehaut zog im Nacken des Mönches auf, kaum, dass er es betrat.

Langsam und mit ausgestreckten Armen von Baum zu Baum vortastend, arbeitete er sich voran bis er einen ersten, zarten Lichtschimmer erhaschte und darauf zuging. Aus dem Schatten der Bäume heraustretend, stand er am Rande einer abgegrasten Futterwiese.

Nachdenklich betrachtete er das düster erscheinende Gemäuer vor sich. Viel hatte er über das Nonnenkloster Freyhausen nicht in Erfahrung bringen können. Weit abgelegen, wachte dieses alte, wuchtige Bauwerk über einer kargen Landschaft, der selbst Gustav Adolfs Kriegsheer kein Interesse entgegenbrachte. Über all die Jahre hinweg war es dem Kloster gelungen, in Eintracht mit den Hirten und Bauern der Umgebung friedlich zu leben und frei von Kriegswirren ihren Alltag zu bewältigen.

Einer einstigen Einsiedelei entsprungen, schenkte Freyhausen 24 Nonnen ein beständiges und sicheres Zuhause. Weit weg von jeglichen Ablenkungen und Begierden eines weltlichen Daseins, führten die Nonnen ein gottgefälliges Leben abseits der üblichen Sorgen einer kriegsgeplagten Klostergemeinde.

Umso dringlicher gemahnte der Brief der derzeitigen Äbtissin Hedwig um Unterstützung. Gedanklich ging der Mönch den Brief erneut durch, in dem Sorge um die Sicherheit der Schwestern mitschwang.

„... wärmstens empfohlen, so ist es mir doch nicht möglich, Euch sämtliche Vorkommnisse in diesem Schriftstück mitzuteilen. Es wäre mir ein Anliegen, Euch höchstpersönlich über die hier geschehenen und vermutlich zu erwartenden delikaten Ereignisse zu unterrichten. So es in Eurer Macht stünde uns Eure kostbare Zeit zu widmen und Euch ein Bild der Vorkommnisse zu machen, so bitte ich untertänigst um Eure Unterstützung. Selbst die innigsten Gebete an den Herrn vermochten nicht jene Dinge zu lösen, unter denen unser Kloster seit geraumer Zeit leidet. Bischof Holgan empfahl Euch, als Experten und an ebendiesen wende ich mich hiermit ..."

Etwas in diesem Schreiben hatte seine Neugier geweckt. Er musste, nein er wollte sich Gewissheit über die tatsächliche Situation verschaffen. Blieben Dinge unausgesprochen, steckte zumeist weit mehr dahinter, als es anfänglich erscheinen mochte.

Es dauerte nicht lange, bis er sich vor der Eingangspforte des Klosters einfand. Rustikal und ohne jegliche Art der Zierde, kündete lediglich ein schlichtes Holzkreuz vom Glauben der Bewohner. Kräftig hämmerte er an das wuchtige Tor und begehrte Einlass.

Sein Blick wanderte zurück zum Waldstück, das er zuvor verlassen hatte und vermeinte einen Schatten zwischen den Bäumen zu erspähen. Eine Gestalt mit rot glühenden Augen, die ihn finster musterte und von Unheil kündete.

Ihr Anblick ließ ihn erschauern und verstärkte die Gänsehaut in seinem Nacken. Untrüglich ein Anzeichen dafür, dass die Äbtissin ihn nicht im Scherz um Hilfe bat, und zudem klug daran tat, im Brief nicht zu viel zu schildern.

„Ja? Was ist Euer Begehr?"

Harsch erklang eine weibliche Stimme. In Gedanken versunken, hatte der Mönch nicht mitbekommen, wie sich die schmale Klappe hinter der Pforte geöffnete hatte.

„Bin ich beim Kloster Freyhausen?"
„Ja, das seid Ihr. Was wünscht Ihr?"
„Die Äbtissin rief nach mir. Ich bin Bruder Heynrich und dies ist Ihre Einladung. Bringt sie Ihr!"

Er reichte den Brief durch die Klappe nach innen. Leichtes Ziehen daran bekundete die Entgegennahme.

„Sputet Euch, Eure Mutter Oberin bat um Eile!"

Schweigend schloss sich die Klappe und überstürzt entfernten sich eilige Schritte. Erneut drehte sich Heynrich zum Waldstück um. Nach wie vor erblickte er die Gestalt, die ihn zu mustern schien.

Erste Tropfen fielen herab, wandelten sich binnen Wimpernschlägen zu einer wahren Sintflut. Er verlor die Gestalt aus den Augen. Skapulier und Habit sogen sich binnen Sekunden mit Wasser voll.

Aufseufzend warf Heynrich einen Blick nach oben und schickte ein Stoßgebet hinauf. Er würde Kraft benötigen.

Sachte schwang die Pforte vor ihm auf und gewährte ihm Einlass.

„Tretet ein, Vater. Ihr werdet erwartet!"

Triefnass und bibbernd vor Kälte und Nässe folgte der Dominikanermönch der Einladung, hoffend auf ein wärmendes Kaminfeuer.

Gesenkten Hauptes stand die Nonne vor ihm, darauf wartend, die Pforte hinter ihm erneut zu schließen. Für einen Augenblick sah die Schwester nach draußen, bevor sie die Pforte verriegelte, kaum, dass er den Fuß über die Schwelle gesetzt hatte. Sie griff nach einer Laterne, in der eine Kerze unruhig flackerte.

„Folgt mir! Ich bringe Euch zur Mutter Oberin."

Stillschweigend und mit nach wie vor gesenktem Haupt, eilte sie raschen Schrittes vorwärts. Regenduft erfüllte die Galerie und brachte Hoffnung nach einer wochenlangen Dürre mit sich. Zu seiner rechten Seite erhellte langsam zurückkehrendes Mondlicht einen schmalen Innenhof. Flackerndes Kerzenlicht zu seiner linken Seite beleuchtete eine Statue der Jungfrau Maria. Vereinzelte Schattenrisse tauchten aus dem fahlen Licht und versetzten Heynrich in seine eigene Jugendzeit. Nach wie vor trommelten Regentropfen auf das Dach der Galerie und flossen herab, versickerten im trockenen Erdreich, das sich danach verzehrt hatte. Der Himmel weinte Tränen über das karge Land.

Vorbei an einer kleinen Kapelle und dem gemeinsamen Speisesaal, aus dem es nach altem, verfeuerten Holz, Bratäpfeln und Eintopf roch, brachte ihn die Nonne vor eine Tür. Zaghaft klopfend wartete sie einen Augenblick, bis aus dem Raum dahinter ein „Herein" ertönte.

„Vater, wenn Ihr so gütig sein wollt ..."

Sie öffnete ihm die Tür und nickte in den Raum hinein. Für einen Augenblick erhaschte er den Anblick eines zart geschnittenen Gesichtes. Seine Braue wanderte nach oben. Diesen Blick kannte er zur Genüge, nicht nur von Klosterschwestern, wenn sie von weltlichen Begegnungen träumten.

Zarte Röte überzog ihr Gesicht.

„... verzeiht mir, Vater, ich habe noch zu tun!"

Eiligen Schrittes entfernte sich die Nonne und ließ ihn in nächtlicher Dunkelheit zurück.

„Bitte, tretet ein!"

Der Aufforderung Folge leistend, drückte Heynrich die Tür auf. Kaum wahrnehmbar knarrend schwang sie nach innen auf und gab den Blick auf einen geschmackvoll eingerichteten Raum frei. Licht und knisternde Wärme aus einem Kamin empfingen ihn. Vor dem dominierenden Schreibpult stand die Äbtissin des Klosters, das Schreiben in der Hand, das er der Nonne gereicht hatte.

„Bruder Heynrich, habt Dank für Euer Kommen. Bitte tretet näher."

Gram stand in ihr Gesicht geschrieben und Kummer in ihren grünmelierten Augen. In ihrer Haltung spiegelte sich eine Last, die sie trug und die sie in ihrem Brief angedeutet hatte. Falten zierten ihr ansonsten recht ansehnliches Gesicht und ließen es um Jahre älter wirken.

„Ihr müsst vom Regen überrascht worden sein ..."

Besorgt musterte sie den Mönch von oben bis unten und deutete auf einen von zwei Stühlen direkt neben dem Kamin.

Gezähmte Flammen brannten darin und tanzten zu einer unhörbaren Melodie.

„Möchtet Ihr Euch zuerst erwärmen?"

Schweigend nickte Henyrich und trat vor die Flammen. Geruch nach brennendem Holz erfüllte den Raum mit behaglicher Wärme. Seine Hände den Flammen entgegenhaltend, fühlte er Wärme in sich aufsteigen.

„Ihr wart karg mit Euren Worten im Brief, Äbtissin. Welche Art Hilfe erbittet Ihr?"

„Ja, Ihr habt recht, ich war karg mit meinen Worten. Mein Bruder, Bischof Holger, empfahl es mir. Käme der Brief in die falschen Hände, hätte er unaussprechliche Folgen für alle meine Schwestern und weit darüber hinaus. Worte auf Papier vermögen Gegebenheiten zu verfälschen."

Nachdenklich die Flammen betrachtend, überlegte Heynrich, bevor er sich umdrehte.

„Euer Bruder tat gut daran Euch dies zu empfehlen. Allzu leicht erzeugen Worte ein falsches Abbild der Wahrheit."

Auf einem Tablett balancierte die Äbtissin eine Kanne mit frisch aufgebrühtem Tee und zwei Becher.

„Möchtet Ihr? Er ist heiß und wird Euch gewiss guttun."

Ohne seine Antwort abzuwarten, stellte sie das Tablett auf ein Beistelltischchen neben dem Kamin und schenkte Tee in beide Tassen ein. Heynrich griff nach einem der Becher. Dampfend und nach Wärme riechend hielt er ihn in Händen ohne daraus zu trinken. Er belegte einen der Stühle neben dem Kamin mit Beschlag.

„Ihr schätzt die Jungfrau Maria?"

Mit einer Geste deutete er zur Marienstatue auf ihrem Schreibpult sowie einem Gemälde der Gottesmutter neben der Tür.

„Sie ist die Schutzpatronin unseres Klosters."

Mit der zweiten Tasse in der Hand nahm die Äbtissin ihm gegenüber Platz.

„Vater ..."
„Sprecht frei, ich bin hier, um Euch zu helfen und Euch bei Eurem Problem zu unterstützen."
„Hätte ich alles in den Brief geschrieben und wäre er in die falschen Hände geraten ..."
„Ihr könnt beruhigt sein, das ist er nicht, sonst wäre ich nicht hier. Mutter Oberin, so sprecht und erzählt mir von den Vorkommnissen, die Euch zu Eurer Bitte bewogen."
„Was geschah, lässt sich nicht in wenige Worte fassen. Gestattet mir, dass ich Euch entsprechende Unterlagen zur Verfügung stelle."
„Fasst Euch kurz und schildert mir die Situation in Euren eigenen Worten, oder ist Euch lieber, wenn ich mir ein eigenes Bild mache?"

Schweigend saß die Äbtissin in ihrem Stuhl und wagte nicht ihn anzusehen. Stattdessen klammerte sie sich derart fest an den Becher in ihrer Hand, dass ihre Fingerknöchel weiß hervortraten.

„Seht mich an, Äbtissin!"

Erst dieser Aufforderung Folge leistend, hob sie ihr Haupt und erwiderte seinen Blick.

„Was geschah hier, dass Ihr um Hilfe rieft?"
„Eine unserer Schwestern leidet unter einem bösartigen Geist. Sie erhielt jegliche Hilfestellung, die wir ihr zu geben

vermochten. Ich bin längst mit meinem Latein am Ende. Wie soll ich helfen, wenn ich längst meine Grenzen erreicht habe? Dem Herrn sei es gedankt, dass es bislang keine Verletzten gab."
„Und wie glaubt Ihr, vermag ich Euch zu helfen?"
Erneut senkte sie den Kopf. Obwohl sie im Dienst des Herrn stand, wühlte sie die Anwesenheit eines stattlichen und in der Blüte seiner Jahre stehenden Mannes auf. Längst hatten ihre Wangen zarte Röte angenommen, wie Heynrich innerlich schmunzelnd feststellte.

Sich seiner Wirkung auf die holde Weiblichkeit wohl bewusst, setzte er diese mitunter gezielt bei Befragungen ein. Sie persönlich auszunutzen käme für ihn niemals in Frage, unterlag er doch dem Zölibat. Sich darüber zu amüsieren war ihm nicht untersagt.

Den Blick von ihm abwendend, vertraute sie darauf, dass ihr Gelübde sie vor Versuchungen dieser Art schützte. Tief durchatmend fuhr sie fort zu erzählen.

„Mir wurde gesagt, Ihr seid der Beste darin, dämonische Umtriebe festzustellen und deren Einfluss zu vernichten."
„Über Erfolge habe ich wahrlich nicht zu klagen. Betrifft es eine einzelne Eurer Schwestern oder sind es mehrere?"
„Glücklicherweise beschränken sich die Vorkommnisse ausschließlich auf Schwester Prudence. Jedoch lässt sich nicht sagen, wann sie ihre Anfälle bekommt. In diesem Zustand ..."

In ihrem Kopf suchte die Äbtissin nach den passenden Worten.

„... ist sie nicht ansprechbar, zuckt unkontrolliert und gibt unverständliche Worte von sich, die keiner versteht. Überdies

vermag sie sich hinterher nicht zu erinnern, was geschehen war. In letzter Zeit verstärkten sich diese Anfälle. Ich hätte sie liebend gern in ihrer eigenen Kammer gelassen. Die Intensität und Häufigkeit der Anfälle jedoch zwangen mich, sie zu ihrem eigenen Schutz einzusperren."
„Wo habt Ihr sie untergebracht?"
„Abseits von den anderen Schwestern, in einer notdürftig, leergeräumten Kammer. Wünscht Ihr sie jetzt oder später zu sehen?"
„Ich benötige Zeit zur Sammlung und zur Vorbereitung. Wo wird mein Quartier sein?"
„Für Eure Verweildauer stelle ich Euch meine Räumlichkeiten zur Verfügung – diesen Arbeitsbereich und den daneben liegenden Ruheraum. Es ist das Beste, das ich Euch anzubieten in der Lage bin."
„Mutter Oberin, Ihr wirkt aufgewühlt. Ihr solltet Euch zur Ruhe begeben, so wie auch ich dies tun werde."
„Ihr werdet sämtliche Unterstützung erhalten, die Ihr benötigt. Wünscht Ihr zu speisen? Eure Reise war gewiss beschwerlich."
„Das war sie in der Tat. Jedoch gereicht mir warmer Tee vollends."
„Ich verstehe, Vater."
„Mutter Oberin, Ihr sagtet selber, es sei dringlich. So will ich denn nur kurz eine Stunde ruhen und meine Kräfte im Gebet sammeln. Schickt mir sodann eine Schwester, welche mich zu der Betroffenen geleitet."
„So soll es geschehen. Wenn Ihr etwas benötigt, ich werde Schwester Agnes vor Eurer Tür auf Euch warten lassen. Sie wird Euch in einer Stunde zur betroffenen Schwester geleiten."

Mit diesen Worten erhob sich die Äbtissin aus dem Stuhl und verließ den Raum.
Nachdenklich sah Heynrich ihr nach. Wovor hatte die Äbtissin dermaßen Angst, dass sie nach ihm verlangte? Waren es

wahrlich allein die Anfälle dieser einen Schwester oder steckte mehr dahinter? Ihre Art sich zu bewegen, ihre Worte und Stimmlage sprachen von Sorge. Gedankenverloren betrachtete er die Flammen im Kamin und genoss dabei den heißen Tee, der ihn innerlich erwärmte. Es wäre nicht das erste Rätsel, das er knackte und beschloss, wie sonst auch, analytisch vorzugehen, um das Problem zu lösen.

uffig riechendes Stroh bedeckte den gestampften Erdboden der einstmaligen Vorratskammer. Über die Jahrzehnte hinweg hatte sie unterschiedlichste Lebensmittel verwahrt, Produkte der eigenen Landwirtschaft, Gärten und milde Gaben ansässiger Bauern aufgenommen.

Von jeglicher Nahrung leergeräumt, hockte bibbernd eine Nonne in ihr. Mit angewinkelten Beinen und einer eng um den Körper gezogenen Tunica, versuchte sie vergebens, sich vor der Kälte zu schützen. Gänsehaut überzog sie und schenkte ihr die Illusion wohltuender Wärme. Gleichwohl reichte dies nicht aus. Sehnsüchtig wünschte sie sich Kerzenlicht herbei, um sich zu erwärmen, träumend von heißer Suppe und der dünnen Decke ihrer Liegestatt.

Stattdessen zog Kälte durch den blanken Erdboden auf. Das eisige Metall an ihrem Knöchel brachte sie zum Zittern.

Wieder und wieder hob sie den Kopf und betrachtete den Verlauf des Sonnenlichtes, wie es Schatten warf. Zäh vergingen die Stunden und brachten Glockengeläute mit sich, das die Schwestern zur Andacht rief. Wie gern wäre sie bei ihnen und wie sie im Gebet versunken.

Hunger machte sich in ihren Eingeweiden bemerkbar. Selbst das kleinste Stückchen Brot, das sie in einen Becher Milch tunken könnte, wäre ihr willkommen. Aufseufzend starrte die junge Nonne die Wand an und presste dabei ihr Holzkreuz fest an ihre Brust.

An die kühle Wand gelehnt, schickte sie ein Stoßgebet nach dem anderen hinauf zum Firmament und suchte Rat und

Zuflucht im Glauben. Unerschütterlich Gebete murmelnd, spürte sie kaum die blauen Flecken, die sie sich in der letzten Nacht zugezogen hatte.

Erinnerte sich kaum der besorgten Blicke ihrer Mitschwestern, wusste nicht, wie sie in diese Kammer gelangt war. An eines erinnerte sie sich überdeutlich und blickte voller Scham zu Boden. Errötend wünschte sie sich, dass diese Erinnerungen verblassten und nur ein Produkt ihrer Phantasien sei.

Sanftem Kribbeln im Bauch keine Beachtung schenkend, fegte Schwester Prudence den Boden des Refektoriums. Das Essen war ausreichend und hatte den Magen mit Wärme gefüllt. Nun galt es die letzten Reste des Mahles zu beseitigen.

Mit dem Schwung des Besens in eine nahezu meditative Haltung eintretend, steigerte sich das Kribbeln binnen eines Wimpernschlages zu einem Vulkanausbruch. Magma strömte in ihren Leib, bohrte sich in die Eingeweide und kroch hinab. Heißen Spinnenfingern gleich zogen Flammenfäden ein Gespinst über ihren Körper und sammelte sich zwischen ihren Beinen.

Fest an den Besen gekrallt, blieb sie still stehen und rührte sich keinen Fingerbreit mehr. Flammenfinger strichen sanft über ihre Bauchdecke, zogen sachte nach unten und tauchten zwischen ihre Schamlippen ein. Direkt auf ihr Lustzentrum zuhaltend, umfuhr es ihre Klitoris, stülpte sich über sie und drückte sie zusammen. Lustvolles Seufzen und Stöhnen drangen an ihr Ohr, während Flammenhände ihre Brüste streichelten und ihre Schamlippen spreizten. Nichts sollte sich der Berührung der Flammenfinger entgegenstellen.

Tiefer sanken die Flammenfinger und drangen in sie ein. Einem Heer aus Ameisen gleich spielten sie an ihr und in ihrem Innersten und brachten Schwester Prudence zum Beben. Jeglicher Selbstkontrolle verlustig, entglitt ihr der Besen.

Schwer atmend und nicht ansprechbar kniete sie am Boden und stützte sich mit den Händen ab. Wollüstiges Empfinden drang nach oben und verdrängte jeglichen anderen Gedanken. Blankes Entsetzen über ihre Freude und das Begehren, das sie empfand, wich dem wohligen Pochen zwischen ihren Schenkeln und vertrieben Gebete aus ihrem Kopf.

Wo sich die Flammenfinger verlängerten und sich um ihre Beine und Hüfte wanden, steigerte sich das Empfinden an ihrer Lustperle zu einem wahrhaften Stakkato und brachte sie zum Vibrieren, bis sie es nicht mehr ertrug und sich die Lust in einem Höhepunkt entlud, der ihr die Luft zum Atmen raubte.

Selbst, dass zwei ihrer Mitschwestern in der Tür standen und sie sahen, bekam Prudence nicht mehr mit. Jaulend wie der Klosterhund vor Vollmond, schrie sie ihre Sinneslust hinaus, bevor sie die Besinnung verlor.

Als sie erwachte, fand sich Prudence in ihrer eigenen Kammer wieder. Nach dem Sonnenstand zu urteilen, musste sie sich lange im Zustand der Bewusstlosigkeit befunden haben. Dumpf erinnerte sie sich jener Berührungen an ihrem Leib, die sie erneut vor Scham erröten ließen.

Wohlvertraut erklang das Lachen in ihr, jene Stimme, die sie hörte, bevor sie einen ihrer „Anfälle" hatte.

Nach wie vor spürte sie die süße Erregung in ihrem Unterleib, Flammenfinger, die sie in Zartheit streichelten und blitzartig fest zupackten. Bevor sie einen Schrei auszustoßen vermochte, fühlte sie eine Hand auf ihrem Mund, die sie zum Schweigen verdammte. Spürte, wie sich ihr Becken hob und senkte, im Gleichtakt zu den harten Stößen in ihrem Schoß, die ihr den letzten Rest an Selbstbeherrschung nahmen. Gellend löste sich ein Schrei aus ihrer Kehle.

Schwer atmend fiel sie erschöpft auf ihre Liegestatt zurück. Hitze wich wohltuender Kühle. Wohlbekannte Mattheit umschlang sie. Prudence brauchte sich nicht zwischen die Beine zu greifen, um ihre Feuchtigkeit zu spüren. Sattes Pochen verströmte ein Gefühl der Glückseligkeit.

Ein seliges Lächeln auf ihren Lippen, bemerkte sie nicht einmal, wie die Tür zu ihrer Kammer aufgerissen wurde und Mitschwestern hereinstürmten.

Anfälle wie dieser hatten ihr Leben verändert und stellten sie seit Monaten vor unlösbare Herausforderungen. Mit ihren 22 Jahren trug sie eine Last auf den Schultern, wie andere sie bis ins hohe Alter nicht erfuhren.

Erinnerungen an diese Besuche brachten ein Stakkato an Lust, Begierde gleichermaßen wie der Furcht sich zu darin zu verlieren, mit sich. In diesen Momenten empfahl sich die junge Nonne dem Herrn, ihr die Prüfung eines Hiob zu ersparen. In ihr tobten Empfindungen, Emotionen und Begierden, die sie selbst in der Beichte nicht zu erwähnen wagte.

Betend und in Gedanken versunken, versuchte sie, die Erinnerung daran abzuspülen und ihren Geist davon zu befreien. Schaudernd vor Kälte und mit dem Andenken ihrer absoluten Hilflosigkeit, ausgeliefert einer Macht, die sie weder verstand noch begriff, befahl sich Prudence dem Himmlischen, darauf hoffend, niemals wieder Derartiges zu erleben.

... qui pro nobis sanguinem sudavit.
... qui pro nobis flagellatus est.
... qui pro nobis spinis coronatus est.
... qui pro nobis crucem baiulavit
... qui pro nobis crucifixus est

... qui pro nobis sanguinem sudavit.
... qui pro nobis flagellatus est.

Mehrmals wiederholend, bemerkte sie erst nach geraumer Zeit, dass sie das Gebet nicht mehr alleine sprach ...

... qui pro nobis spinis coronatus est.
... qui pro nobis ...

... und unterbrach sich selber, als sie eine tiefe, kräftige Stimme die gleichen Worte sprechen hörte.

„Ein schönes Gebet, mein Kind."

Mit gefalteten Händen stand ein Dominikanermönch vor ihr. Groß gewachsen und sie mit nahezu hypnotisierendem Blick bedenkend.

„... wie?"
„Du warst in das Gebet vertieft, mein Kind."
„... aber ..."
„Nein, schäme dich nicht dafür, dass du dein Herz geöffnet hast."

Nach wie vor saß sie mit angewinkelten Beinen und vor Kälte zitternd auf einem Haufen Stroh, der ihr als Sitzunterlage diente.

Hinter ihm fiel Sonnenlicht in die Kammer, hielt sein Antlitz im Schatten, während er sie in hellem Licht zu betrachten vermochte. Aufmerksam beobachtete er ihre Reaktion auf seine Anwesenheit. Es war wie immer, wenn er einer Frau zum ersten Mal begegnete, die er zu befragen hatte.

Nicht das kleinste Detail entging ihm. Nicht der scheue Blick aus den blaugrauen Augen, der offenstehende Mund mit den vor Kälte zitternden Lippen oder die geröteten Wangen. Für einen Moment schien Angst in ihren Augen zu stehen. Oh Wunder, warum nur? Ihm entging ebenso wenig das Holzkreuz, das sie verstohlen umklammerte und an sich presste, als läge darin ihre gesamte Hoffnung auf Erlösung.

„Hmm .... wahrlich interessant ...", Heynrich hob seine linke Braue, als dieser Gedanke hervortrat.

Manche, die er vernahm, versuchten sich durch vorgetäuschte Inbrunst im Glauben vor ihm besser dazustellen, als es der Wahrheit entsprach. Wahre Frömmigkeit hatte er bislang kaum zu Gesicht bekommen. Hier jedoch war aufrichtige, dezente Gläubigkeit zu erkennen. Abwartend sah sie ihn an, furchtsam zwar, jedoch nicht schuldbewusst.

„Steh auf, Tochter! Du weißt, warum ich hier bin?"

Demütig senkte sie ihr Haupt und schickte ein stummes Gebet nach oben, bevor sie ihm einen eigenartigen Blick zuwarf.

Nach wie vor in sein feuchtes Ordensgewand gehüllt, hatte Heynrich den Chormantel in seiner Unterkunft zum Trocknen zurückgelassen. Sein treuer Begleiter, der Rosenkranz, hing wie sonst auch an seinem Zingulum, darauf wartend, zum Gebet gehoben zu werden.

Flackerndes Kerzenlicht erhellte seinen Anblick, schickte tanzende Schatten über ihn und sein weißes Gewand, dem die weite Reise anzumerken war. Gelassen betrachtete er die Nonne, deren ganzer Haltung Unsicherheit ausdrückte.

Ihr Kreuz weiterhin mit einer Hand umklammernd, erhob sich Prudence schwerfällig. Stundenlanges Sitzen und die Kälte, die sie in ihren klammen Knochenfingern hielt, hatten ihren Leib versteift. Unbeholfen vor ihm stehend, und sich nach der Wärme der Kerzenflamme sehnend, stand sie aufrecht mit gesenktem Haupt vor dem Gottesdiener.

Wie lange war es her, dass sie die Stimme eines Mannes vernommen hatte? Selbst der alte Beichtvater zog es vor zu schweigen, saß bevorzugt im Klostergarten zwischen den Beeten und richtete dabei den Blick zum Firmament, als fände er sich längst zwischen Himmelschören wieder.

Im Gegensatz dazu erklang die Stimme des Mönches klar und fest, als würde er keine Widerworte dulden. Verneinend den Kopf schüttelnd, rieb sie ihre Hände vor Kälte aneinander.

Schweigend trat Heynrich näher, betrachtete die vor ihm kniende Nonne. Üblicherweise reagierten die Frauen mit Neugierde, warfen ihm scheue Blicke zu, denen Begierde anzumerken war. Wollüstig erscheinendes Verlangen ihm gegenüber entpuppte sich nicht zuletzt fast immer als schiere Furcht.

Von alledem merkte er bei Prudence nichts. Angst steckte ihr in den Gliedern, ein hauchfeiner Schleier über starkem Glauben, den er sogar bei vielen seiner Brüder schmerzlich vermisste. Schweigend und mit gesenktem Haupt vor ihm stehend, hielt sie die Augen geschlossen und wartete. Ihr Verhalten weckte Heynrichs Neugierde.

„Tochter, wenn du es nicht weißt, warum vermutest du, bin ich hier?"
„Vater, ich habe keine Antwort darauf."

Belog sie ihn?

„Sieh mich an, Kind!"

Scheu hob Prudence ihren Kopf und gewährte ihm einen Blick in ihre blaugrauen Augen, in denen Unsicherheit vorherrschte. Bevor sie erneut zu Boden sah, griff er nach ihrem Kinn, hielt es mit seinem linken Daumen und Zeigefinger nach oben. Sie atmete schneller, ließ es geschehen, dass er in ihren Augen nach der Wahrheit suchte.

„Vater, ich ..."

Ihr blieb keine andere Wahl als den Kopf zu heben. Mit seiner stattlichen Größe überragte Heynrich die meisten seiner Zeitgenossen um einen halben Kopf. Wahrlich, er war gesegnet.

Tief in ihren Augen sondierend, vermochte er keine offensichtliche Lüge zu erkennen und ließ sie los.

„Die Mutter Oberin rief mich, weil dich Besessenheit plagen soll. Ich bin hier, um herauszufinden, ob es die Berührung des Himmels oder die Verderbnis der Hölle sei."

Nach wie vor hielt Prudence seinem Blick stand, wenngleich Anzeichen von Furcht in ihre Augen trat.

„Ich bin Bruder Heynrich, bevollmächtigt von der heiligen Inquisition, jegliche Maßnahme zur Wahrheitsfindung zu ergreifen ..."

Ihr Erblassen bemerkend, fügte er mit sanfteren Worten hinzu: „... vorläufig will ich es bei einer interrogatio ex verbis belassen. Tochter, es liegt alleine an dir, wie weit ich zu gehen gezwungen sein werde."

Nahezu liebevoll betrachtete er sie, in der Hoffnung, ihre Seele vor dem Bösen zu bewahren. Das Kreuzzeichen über sie ziehend, proklamierte er: „In nomine patris et filii spiritus sancti ..."

Vor ihm in die Knie sinkend, hielt sie nach wie vor den Blick nach oben gerichtet, griff nach seiner rechten Hand und küsste diese.

„Vater ..."

Ihr die Hand entziehend und seinen strengsten Blick aufsetzend, trat er zwei Schritte zurück.

„Beichte mir Tochter, was ist es, das dich heimsucht?"

Schaudernd dachte Prudence an jene verschwommenen Wortfetzen, mit denen ihr Vater einst über die Heilige Inquisition sprach. Verschwommen und sie den eigenen Gedanken überlassend, äußerte er sich niemals konkret darüber und überließ vieles ihrer eigenen Phantasie. Es wäre ihr niemals in den Sinn gekommen, einem ihrer Vertreter gegenüberzustehen oder ihm gar Rede und Antwort stehen zu müssen.

Ihr Kreuz loslassend, schlug Prudence die Hände vor das Gesicht und erbebte. Zitternd kniete sie vor ihm und schluchzte in sich hinein, darum bemüht ihre Fassung zurückzugewinnen. Tränen tropften auf den trockenen Lehmboden. Wie blankgeschrubbt fühlte sich ihr Gedächtnis an. Erinnerungen flohen vor ihrem Zugriff.

Tief atmete sie durch und löste die Hände von ihrem Gesicht und verschränkte sie wie zum Gebet. Ihr Atem beruhigte sich. Sie wirkte gefasster und ruhiger als zuvor.

„Vater ... ich ..."

Sanftes Kerzenlicht flackerte auf ihrem Antlitz und ließ Schatten darauf tanzen. Furcht wandelte sich zu Vertrauen, als sie zu ihm aufblickte und erneut das schlichte Holzkreuz umklammerte. Unsicherheit erklang nach wie vor in ihrer Stimme mit. Schimmernd funkelte eine einzelne Träne auf ihrer Wange und spiegelte das Kerzenlicht wieder.

„... ich weiß nicht, was ich Euch beichten soll. Meine Schwestern hier erzählen mir von Dingen, die ich getan haben soll, derer ich mich nicht erinnere. Gewiss sprach die Mutter Oberin von meinem Zusammenbruch vor wenigen Tagen. Doch dies war nicht mehr denn ein Fiebertraum, der mich durch eine Erkrankung heimsuchte."

Versuchte sie, in seinem Gesicht zu lesen wie sie von unten zu ihm hochblickte?

„Ihr seid gewiss nicht wegen Kleinigkeiten hier. Jemand Eurer Zunft und Eurer Aufgabe nimmt keinen weiten Weg auf sich, um Geringfügigkeiten zu ahnden. Gestattet mir die Frage, wie schwer wiegen die Vorwürfe mir gegenüber?"

Die ersten Minuten einer Befragung riefen ihm stets die Worte seines Lehrmeisters Thaddäus in Erinnerungen.

„Achte auf die Augen und auf die Stimme! Worte können trügen und falsch sein, doch Augen und Stimme verraten dir alles ..."

Wie so oft bei den Ratschlägen seines Lehrers, hatte auch dieser Hand und Fuß. Die junge Nonne schien aus gutem Hause zu sein, gelehrig und ausgebildet in manchen Künsten. Doch waren es genau diese wenigen, von ihr gut gewählten Worte und ihr Gebaren, die sein Misstrauen erregten. Erst die Stimme leise, dann kräftig und klar, wie auswendig gelernte Worte, vorgetragen wie ein alter Dozent, als wollte sie ihn belehren. Ebenso das kurze Funkeln in ihren Augen, das seiner zu spotten schien. Selbst der Eindruck von Gläubigkeit änderte nichts an seinem erstarkenden Misstrauen.

„Du hast recht, Tochter. Es ist weitaus mehr denn eine Kleinigkeit, die mich hierher führt. Darum wähle deine Worte mit Bedacht. Bedenke, dass eine Lüge in der Beichte eine schwere Sünde darstellt! So sei ehrlich und sprich die Wahrheit!"

Wo zuvor Freundlichkeit in seiner Stimme lag, klang nun ein schneidender Unterton mit und ließ sie erzittern.

„Vater ... nichts läge mir ferner, als etwas vor Euch zu verbergen oder Euch zu belügen."
„Ist dem so?"

Seit er zu denken vermochte, nutzte er die Gabe seiner Stimme, die ihm von göttlicher Seite geschenkt worden war, zum Vorteil des Glaubens. Gezielt setzte Heynrich einen eigenen Tonfall ein, der seiner Stimme Bedrohliches und gleichermaßen Verlockendes schenkte. Wie vielen er damit auf den Weg der Tugend zurück verholfen hatte, vermochte er nicht mehr zu zählen. Sei es aus Angst, sei es aus Vertrauen heraus, hatte er in seinen Lehrjahren bei Thaddäus diese Wirkung kennengelernt und sie rasch als Mittel zum Zweck übernommen. Das Risiko von „leicht verführbaren Weibern als „Objekt der Begierde" wahrgenommen zu werden, nahm er für den Erfolg einer geretteten Seele gern in Kauf. Auch bei Schwester Prudence erkannte er eine dezente Veränderung in Verhalten und Blick. Wie mühelos es doch war, das weibliche Geschlecht mit seiner Stimme einzufangen, wenn er dies wünschte. Selbst bei den frömmsten Frauen gelang ihm dies mit Leichtigkeit.

Wie einfach mochte es dann erst für den Widersacher sein, wenn dieser Gefallen an einem Weib fand und es zu verführen wünschte? Wie mühelos fielen die Weiber, ließen sich umgarnen von süßen Worten und wollüstigen Empfindungen, die selbst einem Ehegatten die Schamesröte ins Gesicht zu treiben vermochte.

Für die Dauer eines Wimpernschlages veränderte sich Prudences Gesichtsausdruck, huschte etwas in ihre Augen, das Heynrich mehr aus dem Augenwinkel wahrnahm, das ihn jedoch alarmierte.

Leises Zwitschern der Vögel in den Bäumen brachte sie zum Lächeln. Nichts existierte, das ihr im Augenblick Schaden zuzufügen vermochte. In ihren Studierstunden saß sie über einem Traktat, dessen Worte sie nicht verstand. In Latein verfasst, galt die Schwierigkeit dem Begreifen des Textes. Beharrlich verweigerte ihr Geist das Verstehen. Prickelndes Streicheln in ihrem Nacken löste ihre Konzentration endgültig. Ein vertrautes Gefühl in ihrem Bauch befahl ihr aufzustehen. Aus Erfahrung heraus, war es klüger dem nachzugeben und sich dem Verlangen zu beugen.

Brennende Hitze erfüllte ihren Schoß. Wenige Atemzüge später wandelte sich die Hitze in ein Inferno aus Magma. Schmerz und Lust vereinten sich im Wechselspiel und trieben ihr Empfinden nach oben. Hämisches Lachen erklang im Hintergrund, weit entfernt und doch so nah. Er war wieder da, packte ihre Klitoris und zog daran, als wolle er sie ihr aus dem Leibe reißen. Gutturales Keuchen entströmte ihrem Mund, in dem Augenblick, als sie vermeinte, ein mächtiger Schwanz dringe in sie ein, füllte sie aus, bis sie nicht mehr konnte und weit darüber hinaus.

Keuchend dastehend fehlten ihr die Worte, mit denen sie um Erleichterung zu flehen vermochte.

Längst den lateinischen Text vergessend, spürte sie den Schmerz der Besteigung in sich. Bei jedem Stoß wuchs sein Schwanz in ihr, wurde kräftiger und größer, der Druck auf ihre Klitoris stärker und härter. Sein Gemächt aus ihrem Leib ziehend, rammte er dieses in ihren Anus, wo er sie erneut bestieg und weit härter zustieß als zuvor. Einige Tropfen Speichel flossen aus ihrem Mund und fielen auf das Pergament. Vollends die Kontrolle über sich verlierend, zitternd, stand sie für Minuten in der gleichen Position. Weit schlimmer als der Schmerz zwischen ihren Beinen war die Demütigung des sie niederschmetternden Orgasmus.
„Schweig oder du wirst diesen Zustand nie mehr verlassen ... Schweige still!"

„Vater ..."

Was sollte sie sagen? Von einem Traum erzählen, der nicht real war? Von Scham berichten, die sie sich nicht einzugestehen bereit war? Peinlich berührt senkte Prudence erneut den Blick und faltete die Hände zum Gebet. So rasch diese Erinnerung aufgetaucht war, so schnell entschwand sie ihrem Gedächtnis. Zurück blieb nur ein schales Gefühl der Ohnmacht.

Ein erfahrener, aufmerksamer Beobachter erkannte und vermochte das Blitzen in den Augen und das dezente Zittern der Hände wohl zu deuten.

„Tochter, woran dachtest du soeben? Bedenke, auch verschweigen kommt einer Lüge gleich. Und ich sehe dich erröten!"

Ein kurzer Augenblick nur, aber er vermeinte, ein kaum wahrnehmbares Erschauern an ihr wahrzunehmen.

„Tochter, sprich! Was verschweigst du vor mir?"

Sanftmut klang in seinen Worten mit, sie auffordernd, aus freien Stücken zu bekennen.

Früh hatte er gelernt, wie leicht es war, Menschen zu lesen, wenn er genauer hinsah. Wie oft war Schweigen nichts anderes als ein stilles Schuldeingeständnis und die Betroffenen nach einer Beichte über die Maßen erleichtert. Wie recht Thaddäus doch mit dieser Lektion gehabt hatte und wie einfach sie umzusetzen war, erstaunte ihn selbst nach all den Jahren.

Kein Wort drang aus ihrem Munde, beinahe, als hoffte sie, der Augenblick möge vergehen und sie aus einem schlechten Traum erwachen. Scheu hielt Prudence den Blick nach wie vor gesenkt und schwieg, bis Heynrich erneut zu ihr sprach.

„Solltest du nach wie vor schweigen, so will ich gern als weiteres Mittel die peinliche Befragung an dir vornehmen. Ist dir bekannt, was das bedeutet?"

Bewusst setzte er die Wahl der Worte und behielt den sanften Tonfall bei.

„Vater ..."

Kaum wahrnehmbar schwang Unsicherheit in ihrer Stimme mit.

„... was meint Ihr damit?"

Schweigend betrachtete Heynrich die Nonne zu seinen Füßen. Die Wenigsten wussten um die wahre Bedeutung der

Heiligen Inquisition. Schauermärchen gingen durch die Lande und drangen in die Herzen der Gläubigen und Ketzer vor. Gerüchte verbreiteten sich rasch, die wahre Aufgabe kannten nur wenige Menschen. Selbst im Jahre des Herrn 1639 landeten viele in den Flammen oder kamen unter der Befragung ums Leben. Der Widersacher hielt reichlich Beute. Obschon Heynrich effektivere Methoden der Wahrheitsfindung vorzog, blieb ihm die Anwendung der peinlichen Befragung nicht immer erspart.

„Tochter, sieh mich an!"

Gehorsam hob sie den Kopf, Verwirrung stand in ihren Augen geschrieben.

„Vater, so Ihr vom Herrn gesandt seid ..."
„Tochter, was ist es, das du sagen willst?"
„... was meint Ihr, wenn Ihr von der peinlichen Befragung sprecht? Eure Worte sind mir unbekannt."

Verwirrung wandelte sich zu Unsicherheit und Schüchternheit, ob seiner Anwesenheit. Stärke und Selbstsicherheit ausstrahlend, spürte sie doch, dass er weit mehr denn ein simpler Mönch war. Unschuld lag in ihren Worten, die dem widersprachen, was er von der Äbtissin vernommen hatte. Ihr Verhalten wirkte reichlich seltsam auf ihn. Kurz zögerte er, wollte sie ihn herausfordern?

„Tochter, wenn der Teufel deine Zunge lähmt, sodass du mir nicht antwortest, wird der Schmerz deine Zunge lösen. Nichts anderes ist die peinliche Befragung – die interrogatio ex tormentum. Willst du schweigen, dann wird der Schmerz seinen Preis fordern. Also, wähle deine nächsten Worte weise, mein Kind!"
„Vater ..."

An ihm vorbei ins Leere starrend, suchte Prudence nach Worten. Innehaltend schloss sie die Augen und wollte erneut den Kopf senken.

„Nein, sieh mich an und antworte mir!"

Heynrich packte sie unter dem Kieferknochen und zerrte sie mit Leichtigkeit hoch. Vor ihm stehend behielt er nach wie vor seinen festen Griff bei. Auf ihren Zehenspitzen balancierend hing sie in seinem Griff fest, ohne Möglichkeit sich dagegen verwehren zu können.

„Bitte ..."
„Nun, Tochter, du kannst jederzeit sprechen! Zier dich nicht, die Wahrheit kommt ohnedies ans Licht."

Etwas schwang in seiner Stimme mit, dem sie sich nicht zu entziehen vermochte und das ihr Schauer über den Rücken jagte.

„Vater ...", treuherzig sah sie ihn an. Angst schwang kaum wahrnehmbar in ihren Worten mit, während in ihren Augen Vertrauen erblühte.

„... sagt mir bitte, sprach die Mutter Oberin von den Anfällen, die mich in letzter Zeit heimsuchten?"

Unter dem Kieferknochen festgehalten, fiel es ihr schwerer als üblich, zu sprechen.

„Nicht die Mutter Oberin wird hier befragt, sondern du! Ihre Sicht der Dinge ist hier nicht das Thema. Also, erzähle, was hier vorgefallen ist und wieweit du darin verwickelt bist!"

Sorgfältig versuchte er, die richtige Mischung zwischen Verständnis und Strenge in seiner Stimme mitschwingen zu lassen. Zu Thaddäus ersten Lektionen gehörte es, ihm nahezulegen, stets vor der Folter die Reaktionen der Befragten zu studieren, um ein Gefühl dafür zu erlangen, wann sie logen und wann sie die Wahrheit sprachen. Tumbe Folterknechte, die immer gleich die Zange schwangen oder damit begannen den Verdächtigen die Glieder auszureißen, waren ihm ein Graus.

Schmerz war ein Mittel zum Zweck, doch nicht so, wie es manche seiner fehlgeleiteten Brüder verstanden. Bereits durch die rechte Dosis an Schmerz ließ sich oft weitaus genauer die Wahrheit ergründen, als würden gleich Glieder gebrochen oder ausgerenkt werden. Dies reizte die Gepeinigten zumeist lediglich dazu, Lügen zu ersinnen und zu erzählen, was sie glaubten, dass ihre Befrager hören wollten, um sich weitere Schmerzen zu ersparen. Angst vermochte ein weitaus subtileres und effektiveres Mittel der Wahrheitsfindung zu sein.

Gewiss, hier standen ihm kaum die Möglichkeiten einer Kammer der Inquisition zur Verfügung. Zudem hatte die Mutter Oberin um Diskretion gebeten. Nachdem ihr Bruder recht hoch in der klerikalen Hierarchie stand, war ihr dies auch zugesichert worden, ebenso wie ihm, jegliche Unterstützung zu erhalten, die er benötigte. Viele Klöster verfügten über nahezu erstaunliche Möglichkeiten, die erst in späterer Folge für Befragungen von Interesse waren. Danach würde er die Äbtissin noch befragen müssen. Wollte er eine möglichst rasche und korrekte Antwort auf ihre Bitte hin erreichen, so mochte er im Rahmen vorhandener Möglichkeiten das ein oder andere Vorhandene gewiss mit einbinden können.

Der Versuch, den Griff seiner Hand unter ihrem Kinn zu lockern, misslang gründlich. Hilflosigkeit blitzte in ihren Augen auf.

Wovor nur hatte diese junge Nonne Angst? Schmerzen schienen ihr vertraut zu sein. Etwas, das im Brief der Äbtissin gestanden hatte, legte den Verdacht regelmäßiger Züchtigungen nahe, ein ausgezeichnetes Mittel zum Zweck Disziplin und Gehorsam aufrecht zu erhalten. Selten nur hatte er Geistliche, Brüder wie Schwestern getroffen, die darauf gänzlich verzichteten. Gewiss waren dieser Nonne Züchtigungen nicht unbekannt.

Hinter der Hilflosigkeit schimmerte noch etwas anderes hindurch.

„Kind, woran denkst du? Wo bist du mit deinen Gedanken?"

Kaum wahrnehmbar und ihre Augen leicht verdrehend, ließ er seinen Griff los und pustete auf seine eigenen Hände. Kälte kroch durch die noch feuchte Kleidung in seine Glieder.

Gesenkten Hauptes vor ihm stehend, rieb sich Prudence jene Stelle, an der er sie hochgehoben hatte. Kraft steckte in seinen Armen, mehr, als sie ihm erst zugetraut hatte.

Stotternd versagte ihr mehrmals die Stimme.

„Vater ... ich ... ich ... kann mich an kaum etwas erinnern. Darum fragte ich Euch, ob die Mutter Oberin von den Anfällen berichtet hätte."

Nahezu treuherzig sah sie ihn an, schüchtern zwar, jedoch zuversichtlich und stark im Glauben an die Tracht, die er trug. Die Hände wie zum Gebet gefaltet, reckte sie ihm diese entgegen.

„Ich weiß nicht, was in diesen Momenten mit mir geschieht. Wenn ich daraus erwache, höre ich die besorgten Stimmen der Schwestern, ich sehe ihre Gesichter über mir, wie sie sich Sorgen machen. Dennoch glaube ich nicht daran, dass mehr als eine Erkrankung dahinterstecken mag. Vater ... selbst wenn dies eine göttliche Prüfung sein mag, die mir geschieht, so vertraue ich doch auf die Wege des Herrn, wie einst Hiob dies tat."

Rascher, als er darauf zu reagieren vermochte, griff sie nach seinen Händen, bevor er sie ihr entziehen konnte. Ihre klammen Finger strömten Kälte aus.

„Wenn mit mir etwas nicht stimmen mag, bitte ich Euch darum, mir zu helfen. Denn wie, bitte sagt mir, soll ich dem Herrn dienen, wenn mein Herz nicht rein ist? Ich bitte Euch, helft mir zu verstehen!"

Flehen klang in ihrer Stimme mit und stand in ihren Augen geschrieben.

Schweigend betrachtete Heynrich ihr Gesicht, darum bemüht jede Regung darin zu erkennen. Wie in einem offenen Buch las er in ihr, betrachtete das junge Antlitz, in dem sich erste Sorgenfalten wiederfanden. In seinem Herzen regte sich Mitgefühl mit ihrer leidenden Seele und für einen winzigen Moment vermeinte er, den Hauch einer weiteren Präsenz zu spüren, die sich vor ihm zu verbergen suchte.

Zwischen ihren Schenkeln trat wohlvertraute Wärme auf. Wollust kroch in ihren Unterleib und zerrte an ihr. Eisklauen zogen eine Spur vom Hals zum Becken und ließen sie darunter erschauern.

Pochend hallte der Nachklang jener deftigen Ohrfeige in ihr nach, um die sie selbst gebeten hatte. Den Schmerz als Akt der Vergebung heranziehend, ließ er sie seine rüde Seite fühlen. Im Augenblick spürte sie nichts mehr von jener Zartheit, wie er sie oftmals bei ihr anwandte. Innerlich erstand Reue in ihrem Herzen. Wenn er sie schlug, biss und ihr den Leib aufzureißen schien, trieben Wogen der Wollust sie von einem Höhepunkt zum nächsten.

Erschöpft und mit gespreizten Beinen auf ihrem Laken liegend, mit dem Empfinden hinter dem Rücken gebundener Arme, vermochte sie ihre Scham nicht mehr zu verdecken. Jede noch so winzige Spitze der Wollust trieb sie vorwärts, hinein in ein Flammeninferno, in dem Schmerz, Gier und pure Lust sich zu einem einzigen Quell an Energie und Kraft verbanden. Dagegen schmeckte das eigentliche Leben schal und leer.

Selbst das mächtige Geschlecht, das in sie eindrang, bescherte ihr unerklärliche Wonnen und verband diese mit jenem Schmerz, nach dem sie verlangte.

Ihres ansonsten klaren Verstandes verlustig, schrie ihr Innerstes nach mehr und ließ sie spüren, dass es sie danach drängte. Lust und Schmerz verwoben sich, bis es für sie unmöglich war, beides voneinander zu trennen.

Vor Scham errötend, wagte sie es nicht länger, Bruder Heynrich anzusehen.

„Ich verstehe, Tochter ..."

Seine linke Hand schoss vor, fasste sie direkt am Hals und zog sie erneut mühelos nach oben, bis ihr Gesicht auf Unterarmlänge vor dem seinem war.

„Es ist bedauerlich. Leider kann ich dir nicht glauben ..."

In seinem festen Griff zappelnd und um Luft kämpfend, griff Prudence nach seiner Hand und scheiterte daran, sie von ihrem Hals zu lösen. Er würde einen Weg finden, sie zum Sprechen zu bewegen.
„Nun denn ...", den Kopf wendend, rief er in Richtung Tür mit

der gleichen, gestrengen Stimme, wie er sie bei Prudence anwandte:

„Bring mir zwei Handvoll Anzündholz, und zwar schnell!"

Interessiert beobachtete er, wie Prudence in seinem Griff versuchte, sich zu befreien. Wie sie zappelte und welche Laute sie von sich gab, um wieder frei atmen zu können. Er würde ihr den nötigen Gehorsam und die gewünschte Redseligkeit beibringen.

Eiligen Schrittes brachte Schwester Agnes das geforderte Holz.

„Vater? Wohin soll ich es legen?"

Nach wie vor Prudence in der Luft haltend, drehte er sich halb um und deutete auf eine der Bodenplatten.

„Verteile es dort ... !"

Wartend, dass seiner Aufforderung Folge geleistet wurde, betrachtete er das Gesicht der Nonne in seinem Griff genauer.

„.... und du Tochter, wirst heute Nacht darauf knien, Buße tun und um die Vergebung deiner Sünden bitten."

Schaudernd sah sie ihn an, Angst im Blick, gleichwohl verbunden mit scheinbar ehrlichem Respekt, den er selten in einer derartigen Weise zu spüren bekam.

„Vater, braucht Ihr mich noch?"

Schweigend drehte sich Heynrich erneut um und bedachte die Nonne mit einer Geste, dass sie warten solle, bevor er die zappelnde Prudence zu Boden ließ. Keuchend und mit schlotternden Knien trat sie zwei Schritte zurück und massierte sich die schmerzende Stelle, an der Heynrich sie hochgehoben hatte.

„Hast du mich gehört, Kind?"

Prudence an der Schulter packend zog er sie vorwärts zu den scharfkantigen Holzscheiten am Boden.

„Ich will es dir noch einmal sagen ... du wirst darauf niederknien und bis zum Morgen beten. Vielleicht vermagst du mir ja dann mehr zu sagen!"

Leichenblass starrte sie den Mönch an, kniete gehorsam darauf nieder. Scharf schnitten die Kanten der Scheite in ihr Fleisch. Mit schmerzverzerrtem Gesicht bemühte sie sich, jegliche Klagelaute zu vermeiden.

„Sei aufmerksam, in allem, was du tust!" lehrte ihn Thaddäus einst die Grundsätze der Hexenjagd.

Aus dem Augenwinkel heraus erhaschte er ein hämisches Grinsen auf Agnes Gesicht. Für ihn stellte sich nicht die Frage, ob sie ihn und seine Arbeit ernstnehmen würde. Ihr würde das Lachen noch vergehen. Eine Interrogatio war schließlich eine ernstzunehmende Angelegenheit.

„Du wirst gemeinsam mit ihr knien und sie im Gebet unterstützen!" Vielleicht reichte dies aus, um ihr die Schadenfreude auszutreiben.

Sie nicht weiter beachtend, drehte sich Heynrich um und verließ wortlos den Raum. Kälte hatte sich unter seine feuchte Kleidung gestohlen und ließ ihn frösteln. Er würde auch ohne die Schwester den Weg zu seiner Unterkunft zurückfinden.

Überrumpelt verlor Schwester Agnes ihre Contenance. Überdeutlich standen ihr Unwille und Missfallen ins Gesicht geschrieben. Ihre bitterbösen Blicke trafen Prudence, der sie die Schuld daran gab.

„Dumme Kuh, der ist doch nur deinetwegen hier!"

Schweigend verzichtete Prudence auf eine Antwort und zog es vor, den Blick zum Firmament zu richten. Auf den Scheiten kniend, bohrten sich die Ecken und Kanten in ihre Unterschenkel. Schmerz würde sie läutern, wie er dies stets tat.

Murrend kniete sich Agnes neben den Scheiten auf den gestampften Lehmboden, verdrehte die Augen und verfluchte den Tag ihres erzwungenen Eintritts. Das Klosterleben mit seinem täglichen Einerlei verachtend, wünschte sie sich nichts mehr denn einen Ausweg. Sollten Singen und Beten, erwartete Frömmigkeit und karge Mahlzeiten, ihr restliches Leben bestimmen? All die Regeln und Vorgaben, der Mangel an „Leben" ließen sie in Momenten wie diesen wünschen, sie wäre niemals hierhergebracht worden.

Grummelnd lehnte sie sich an die Wand und scherte sich keinen Deut um die Vorgabe des Dominikanermönches. Stattdessen betrachtete sie schadenfroh ihre Mitschwester, die deutlich unter den scharfen Holzkanten litt. Schmerz ließ diese unruhig darauf herumrutschen, bis sie eine halbwegs akzeptable Position gefunden hatte, die sie nicht beständig vom Gebet ablenkte.

Nach wie vor vermeinte Prudence die kräftige Hand des Mönches an ihrem Hals zu fühlen. Jene Kraft und Stärke, waren mehr, als sie ihm zugetraut hatte. Schaudernd vor Ehrfurcht erinnerte sie sich seines Gesichtes, das sie für einen Moment im sanften Kerzenschimmer erblickt hatte. Junggeblieben und für seine Prinzipien einstehend, wirkte er verklärt, als hätten seine Augen längst das Göttliche erblickt.

„Komm mein süßes Kind, komm! Oder glaubst du, mich mit diesen lächerlichen Worten vertreiben zu können?"
Lachend verklangen diese Worte und hallten in der Nonne nach, die mit der Konzentration auf ihre Gebete kämpfte. Sanfte Berührungen zwischen den Schenkeln steigerten sich zu einem Crescendo an Lust und lenkten ihre Gedanken vom Gebet hin zu ihrem Geschlecht. Pochend und fordernd kostete es Unmengen an Willenskraft, der Versuchung zu widerstehen, die Hände unter die Tunica zu schieben und dieser Lust nachzugeben.
„Bitte, nicht ..."
Als Antwort erhielt sie darauf wohlvertrautes Lachen. Auf alle Viere nach vorn fallend, kauerte sich Prudence zusammen, drückte die Schenkel aneinander, in der Hoffnung, die Flammen in ihrem Innersten dadurch zu besänftigen. Weit gefehlt, steigerte es die Lust, bis ihr klares Denken endgültig aussetzte.

Weit vom zögerlichen Handeln entfernt, zerrte Prudence ihre Tunica nach oben, bis sie Zugriff auf ihr Geschlecht hatte. Geschwollene Schamlippen zeugten von Lust. Brennendes Begehren zog ihre Finger an ihre Klitoris. Erst sanft, dann fordernder zog sie mit den Fingern ihre Kreise darum, bis sie es nicht mehr ertrug und ein Lachen in ihrem Inneren erntete.

„Nein, nicht so eilig, meine Kleine!"
Kurz vor dem Höhepunkt fühlte sie sich wie fremdbestimmt. Nach wie vor mit Begierde und Lust bis zur letzten Haarspitze durchdrungen, vermochte sie nicht anders und umschlang Agnes. Mit all ihrer Kraft drückte sie sich an diese, drängte ihren rechten Schenkel zwischen die Beine der Mitschwester.
Mit dem rechten Zeigefinger über Agnes weiche Lippen

streichend, presste sie diese an ihre, küsste sie und schob ihr die Zunge in den Mund.

Überrumpelt schloss diese die Augen und gab sich der lang vermissten, zärtlichen Berührung hin.

Am Schenkel entlang gleitend, schob Prudence ihr den Rock nach oben. Widerstandslos ließ Agnes es geschehen, merkte nicht, wie sie bereitwillig die Beine vor Begierde öffnete. Zärtlich streichelte sie sanft die Schamlippen und spielte mit Zeigefinger und Daumen an ihrer Mitschwester, bis diese nahezu verging.

Pure Geilheit schüttelte Agnes Körper in einer Weise durch, die sie bislang nur einmal erfahren hatte und steigerte sich, als Prudence zwischen ihren Schenkeln verschwand und an ihrer Klitoris zu saugen und zu knabbern begann.

Ein Orgasmus jagte den nächsten, Minuten verstrichen, in denen sie sich in einer anderen Sphäre wähnte und bemerkte nicht, wie Prudence ihre Arme festhielt.

Schwer nach Atem ringend löste sie sich aus dieser Umklammerung. Scham über erlebten Lust und Orgasmen stellte sich ein. Jene bittersüße Verführung des Teufels hatte sie vor Jahren erstmals einem Pferdeknecht zu verdanken, der sie im Stall an die Holzwand drückte, küsste und mit gierigen Händen ihren Körper erforschte.

Sich ihm hingebend, genoss sie seine Berührungen, wie seine Hände zwischen ihren Beinen verschwanden, er sie auf den Bauch drehte und sie nahm und sie schiere Lust übermannte. Von einem Höhepunkt zum nächsten treibend, an ihrem Geschlecht spielend, verlor sie sich darin.

Die Strafe dafür folgte binnen kürzester Zeit. Vor den zornentbrannten Augen ihrer Eltern packten sie die Hausknechte, banden sie mit gespreizten Beinen und schlugen mit einer saftigen Haselnussgerte direkt auf ihr Geschlecht ein.

Seit jener Zeit entsprang die Furcht vor der Sünde der Selbstbefleckung sie bei jeglicher Berührung, gleichwohl die Lust daran sie peinigte – tagein, tagaus.

Mit puterrotem Kopf erhob sich Agnes in Blitztempo und eilte augenblicklich aus der Kammer, den direkten Befehl Heynrichs ignorierend. Die Erinnerung an jenen Pferdeknecht tauchte erneut aus dem See des Vergessens auf. Ihr pochendes Geschlecht sehnte sich nach seiner Umarmung und seinen kräftigen Händen.

Kaum aus der Kammer geeilt, lehnte sie sich an die kühle Steinmauer und atmete tief durch. Gegen jegliches Gebot verstoßend, griff sie sich selbst zwischen die Schenkel.

Ihr Geschlecht pochte, mit geschlossenen Augen an den Pferdeknecht denkend, streichelte sie ihre Klitoris, bis sie erneut dem Höhepunkt nahe war. Erst das Vernehmen leiser Schritte schreckte Agnes auf und klärte ihren Geist. Ernüchtert eilte sie zur Kemenate der Mutter Oberin, ohne zu wissen, dass diese Bruder Heynrich als Quartier überlassen worden war.

Is Heynrich raschen Schrittes in die ihm zugewiesene Kammer zurückkehrte, erwartete die Äbtissin ihn bereits. Geschäftig sortierte sie Unterlagen auf dem Schreibpult und hielt eine Handvoll Pergamente in der Hand, die sie für ihn zusammengesucht hatte. Ihr schien es mit der Unterstützung wahrlich ernst zu sein, nahm Heynrich zufrieden zur Kenntnis. Nach wie vor brannte Feuer im Kamin. Frisch nachgelegtes Holz ließ die Flammen nahezu hypnotisch tanzen.

„Bitte, nehmt Platz, Bruder!"

Sie legte die letzten Pergamente auf die Pultfläche, direkt neben Tintenfass und Federkiel. Wärme des Kaminfeuers erfüllte ihn mit Behagen, er würde bald seine Kleidung zum Trocknen ablegen können. Die Arme an den Stuhllehnen abstützend, faltete er die Hände wie zum Gebet und beobachtete das Treiben der Äbtissin, wie sie ihm dampfenden Tee einschenkte und anbot.

„Frisch aufgebrüht. Die Kälte setzte früh ein in diesem Jahr."

Leicht mit dem Kopf nickend, nahm er die Tasse entgegen, genoss den Duft, der seiner Nase schmeichelte. Mit einer zweiten Tasse Tee setzte sie sich ihm gegenüber. Besorgnis gleichwohl wie Neugierde schwang in ihrer Stimme mit.

„Bruder Heynrich, was ist Eure Meinung?"
„Sie verbirgt etwas ... fürwahr ... entweder willentlich oder erzwungenermaßen ..."
„Was meint Ihr damit?"

Kaum wahrnehmbar bemerkte Heynrich das leichte Zittern ihrer Hände, Bewegungen einer leidgeprüften Frau mit sanftmütig, schimmernden Augen in denen sich vor allem Sorge verbarg.

„Die Wahrheit steckt in ihr. Es ist nur die Frage, ob sie mutwillig verbirgt oder etwas in ihr die Wahrheit versteckt. Im Zweifel muss ich auf die interrogatio ex tormentum zurückgreifen. Ihr wisst, wovon ich spreche?

Jegliche Farbe wich aus ihrem Gesicht.

„Ich verstehe, Ihr wisst, wovon ich spreche. Verfügt Ihr über einen geeigneten Raum für eine intensivere Befragung?"

Erst setzte die Äbtissin an zu sprechen, verzichtete stattdessen auf Worte und nickte stumm.

„Ausgezeichnet. Lasst sie also nach der Mette in diesen Raum bringen. Nach der Prim mögt Ihr mich rufen, sodass ich sie dort verhören und gegebenenfalls weitere Schritte einleiten kann."

Ohne zu trinken, stellte Heynrich die Tasse auf das Tischchen neben dem Stuhl und erhob sich.

„Verzeiht, doch nun ersuche ich Euch darum, mich allein zu lassen. Meine Reise war lang und beschwerlich. Bis zur Prim bleibe ich hier, bete und ruhe. Schickt morgen eine Schwester, die mich zur Mette holen soll!"

„Natürlich, wie Ihr wünscht Bruder Heynrich. So Ihr noch etwas benötigt, lasst mich dies wissen. Es soll Euch hier an nichts mangeln. Wünscht Ihr, dass ich Schwester Agnes bis auf Weiteres dafür abstelle?"

„Mutter Oberin, es ist mir gleich, welche Schwester diese Aufgabe erfüllt, solange sie erfüllt wird."

Wie der Mönch erhob sich nun auch die Äbtissin, nickte ihm zu und verließ schweigend die Kammer.

Nach wie vor war sein Skapulier feucht und klamm und trotz der Wärme des Kaminfeuers nicht ausreichend getrocknet. Aufseufzend entledigte er sich dessen und hängte sie über die Stuhllehne, direkt neben dem Kamin zum Trocknen. Es würde Zeit benötigen, bis die Feuchtigkeit den Linnenstoff endgültig floh.

Kälte störte ihn nicht, sorgte diese doch für Klarheit und Konzentration im Gebet. Lediglich mit seiner Unterhose bekleidet, kniete er sich vor den Kamin und richtete dabei den Blick auf das darüber hängende, schmucklose Kruzifix. Für all den Pomp, den er bei vielen Brüdern sah, hatte Heynrich wenig übrig.

Um Klarheit für den kommenden Tag betend, versank er in kontemplativer Meditation.

it zitternden Knien suchte Agnes die Kammer der Mutter Oberin auf. Vor der Tür stehend, sammelte sie sich, suchte nach Ruhe im Herzen. Tief durchatmend klopfte sie kräftig an die Tür, wartete jedoch nicht das „Herein" ab.

„Mutter Oberin, Mutter Oberin ... Ihr hattet ja so ...," Lautstark rief Agnes in den Raum hinein, noch bevor sie Bruder Heynrich erblickte.

„... recht ...!"

Üblicherweise saß die Mutter Oberin zu dieser späten Stunde in einem der Stühle neben dem Kamin und las in der Bibel. Statt ihr sah Schwester Agnes Bruder Heynrich vor dem Kamin kniend. Nach wie vor die Lust in ihrem Leibe verspürend, blieb ihr Mund sperrangelweit offen. Zuletzt, als sie einen halbnackten Mann gesehen hatte, war sie träumend in der kleinen Kapelle gesessen, hatte die Statue des Herrn betrachtet und ihre Gedanken schweifen lassen.

Bedächtig schlug Heynrich das Kreuzzeichen, erhob sich und drehte sich zu Agnes um. Schweigend trat er an sie heran, sein Blick verhieß nichts Gutes. Ohne offenkundige Gefühlsregung blitzte es in seinen Augen auf. Seinem Blick nicht standhaltend, senkte sie den ihren, hinab zu seinem, von körperlicher Arbeit gestähltem Leib. Was sich in ihrem Innersten regte, hatte sie zuletzt beim Pferdeknecht verspürt. In ihr rumorte es, Lust erstarkte erneut und zerrte an ihren Lenden. Sanftes Kaminfeuer umschmeichelte ihn und legte tanzende Schatten auf die nackte Haut, von der sie sich nicht loszureißen vermochte.

„... ich ..."

Stotternd brachte sie nichts weiter hervor. Der Wunsch diese kräftigen Muskeln zu berühren, ließ sie schwerer atmen.

Heynrich wusste um seine Wirkung auf viele Frauen und wie er mit ihnen spielen könnte, wenn er dies denn wollte. Überdeutlich standen ihr die Gefühle ins Gesicht geschrieben. Ein klein wenig seiner Wirkung sollte ausreichen, um ihr etwas Klarheit zu verschaffen.

„Ich befahl dir, bei Schwester Prudence zu bleiben! Und du wirst gehorchen!!!"
„Ja, aber ... "
„Du wirst gehorchen, Kind!"

Sein Blick und sein Tonfall beruhigten Agnes, zwangen sie beinahe, ihren Blick zu heben, ihn anzusehen und ihre Gedanken zu sortieren.

„Vater ... Eure Vorgabe ... ich weiß. Es geht um Prudence! Der Teufel ist wieder in sie gefahren! Weiter als ihre üblichen Anfälle. So schlimm war es noch nie ..."

Entrüstung und Unverständnis über seine Reaktion vermengten sich in ihrem Gesicht. Wut und nach wie vor existente Wollust brachten die junge Nonne in Verlegenheit, die sie selbst nicht wahrnahm.

„... verzeiht Vater, aber lieber schlafe ich im Stall bei den Hühnern, als mich erneut allein mit ihr im gleichen Raum aufzuhalten."
„Hinaus!! Bete drei Paternoster, dann klopf an!"
„... aber ..."
„Raus! Und zwar sofort!"

Verdattert schluckte Agnes weitere Widerworte, ohne diese auszusprechen, und brachte kaum eine Bestätigung zustande.

„Ja, Vater! Wie Ihr wünscht!"

Flugs drehte sie sich um, flüchtete nahezu aus der Kammer und zog sachte die Tür hinter sich zu. Ihr Herz schlug bis zum Hals. Mit sich selber hadernd, kniete sie am Gang neben der Tür nieder.

„Pater Noster, qui ..."

Widerstreitende Gefühle tobten einem Wirbelsturm gleich in ihrem Herzen und übermannten sie in einer Weise, die sie zuletzt beim Pferdeknecht empfunden hatte. Aufheulend und schluchzend fiel Agnes betend auf die Knie. Die Orgasmuswelle schwang in ihr nach.

Schamerfüllt schloss Agnes ihre Augen. Verbotenen Gelüsten nachgebend, kroch sie zur Wand, lehnte sich daran, schob ihre eigene Tunica nach oben und vergaß dabei, dass sich zwischen ihr und dem Mönch nicht mehr denn eine einzele Tür fand.

Dem Rhythmus der Lustwelle folgend, Raum und Zeit um sich herum vergessend, zollte die Nonne ihren Begierden Tribut. Selbstvergessen erschien es ihr wie ein Zeichen, als sie die Augen aufriss und das Antlitz der Statue ihrer Namenspatronin vor sich erblickte.

Mondlicht schimmerte auf die liebevoll gemeißelte Frauenfigur an der Wand. Schatten tanzten auf ihrem Antlitz, in dem Agnes eine nie zuvor erkannte Strenge wahrnahm. Jeden Morgen knieten die Nonnen auf ihrem Weg vor der Patronin der Keuschheit nieder, baten darum, vor der Sünde der Selbstbefleckung beschützt zu werden. Das Antlitz der Statue nicht aus den Augen lassend, hielt Agnes inne und zog langsam ihre Hand zurück.

„Bitte für mich, Heilige Agnes!"

Schwer fielen ihr die geflüsterten Worte, mehrmals abbrechend, stets den Anblick des halbnackten Mönches vor Augen, wie er vor dem wärmenden Kaminfeuer stand. Einer schwerwiegenden Sünde gleich erschien es ihr, den Gelüsten hier nachzugeben.

„Pater Noster, qui ..."

Wie gut sich seine Muskeln doch anfühlen mochten, wenn er ...
Sich selber zurechtweisend, zog Agnes ihre Hände unter der Tunica hervor und faltete sie zum Gebet.

Leise aufseufzend verstrickte sie sich erneut in ihren Gedanken, in denen sie sich ihm am liebsten an den Hals werfen würde, nur um seine Nähe zu spüren. Sehnsucht streute Zweifel in ihr Herz und in ihren Verstand.

„Pater Noster, qui es in caelis,
sanctificetur nomen tuum.
Adveniat regnum tuum.
Fiat voluntas tua,
sicut in caelo, et in terra.

Panem nostrum cotidianum da nobis hodie.
Et dimitte nobis debita nostra,
sicut et nos dimittimus debitoribus nostris.
Et ne nos inducas in temptationem,
sed libera nos a malo."

Wieder und wieder die gleichen Worte ansetzend, dauerte es weit länger als üblich, bis sie das Vaterunser zu beenden vermochte.
Erleichtert aufseufzend brachte sie die Worte „... no a malo" über die Lippen, stand auf und klopfte dezent an die Tür.
Dieses Mal zog sie es vor zu warten.

„Herein!"

In der Zwischenzeit hatte Heynrich das nach wie vor feuchte Skapulier erneut übergezogen. Was hatte die Nonne dazu bewogen, seine Vorgabe derart gründlich zu missachten? Ein Rätsel, das es zu lösen galt. Überdies brauchte sie erstaunlich lange, um das „Pater Noster" zu beten, weit mehr, als die übliche Zeit. Sie würde ihm eine gute Erklärung schulden, so viel stand fest.

Zögerlich öffnete Agnes die Tür und trat ein. Mitten im Raum stand Heynrich mit verschränkten Armen, wieder in seinen Habit gekleidet und fixierte sie mit strengem Blick. Schweigend blieb sie mehrere Schritte vor ihm stehen und wagte nicht zu sprechen.

„Tochter, erkläre dich! Was ist derart Ungeheuerliches vorgefallen, als dass du meine exakten Anweisungen missachtest? Möge der Herr dir gnädig sein, wenn der Grund dafür nicht überaus wichtig ist!"
„Vater, wie schon erwähnt ..."

Nach wie vor die Wollust in ihrem Leib fühlend, bedauerte sie es im Herzen, dass er wieder seine Kleidung trug. Obschon sie ihren Blick senkte, nicht wagte, ihn anzusehen, bemerkte Heynrich eine Veränderung in ihrem Verhalten, das ihn nachdenklich stimmte.

„Verzeiht mir, ich bitte Euch, ich war lediglich überrascht davon, dass die Mutter Oberin ..."

Für einen Moment setzte ihr klarer Verstand aus, sie vergaß, was sie sagen wollte.

„... sie meinte, die Anfälle könnten sich verschlimmern. Der Teufel ..."

Wie selbstverständlich hob Agnes bei diesen Worten die rechte Hand und legte diese über ihr Herz. Sie warf einen Blick zum schlichten Holzkreuz über dem Kamin und schloss für einen Wimpernschlag ihre Augen, bevor sie es wagte, den Mönch anzusehen.

„ ... der Teufel in ihr griff nach mir und berührte mein Herz, kaum, dass Ihr der Kammer entschwunden wart ... es brauchte nicht lange und sie ... Ich ..."

Die Erinnerungen daran, was geschehen war, erschütterten sie erneut tief in ihrem Innersten. Heynrich, der diesen Kampf deutlich mitbekam, schwieg. Langsam erkannte er die wahren Ausmaße der Vorgänge.

„Vater, Ihr kennt das Reglement unseres Klosters nicht. Fragt die Mutter Oberin, doch verzeiht, wenn ich nicht darüber zu sprechen wage. Schwester Prudence verstieß gegen den 13. Aspekt darin ... und weit mehr. Ihr seid ebenfalls ein Mensch und werdet gewiss die Probleme des klösterlichen Lebens in Zusammenhang mit dem Zölibat kennen."

Zitternd schob Agnes die Ärmel ihrer Tunica nach oben und streckte ihm ihre Unterarme entgegen, auf denen Heynrich Striemen und überdeutliche Abdrücke von Stricken wahrnahm. Viele von ihnen verblassten bereits, andere vernarbten und waren daher gut sichtbar.

„Ich werde mit der Mutter Oberin darüber sprechen! Geh jetzt und finde dich morgen pünktlich nach der Prim vor der Strafkammer ein!"

Flüchtig mit den Fingern der rechten Hand zur Tür deutend, stellte Heynrich klar – für ihn war das Gespräch beendet. Nahezu fluchtartig verließ Agnes den Raum und schloss die Tür hinter sich. Langsam drehte er sich um und legte erneut den feuchten Habit ab. Freyhausen schien Spezialitäten zu beherbergen, die die Mutter Oberin ihm bislang nicht mitgeteilt hatte. Diese essentiellen Informationen bargen Sprengstoff, den er für seine Tätigkeit benötigte. Derartige Strenge, wie sie auf Schwester Agnes Armen zu finden war, ließen mehr vermuten, als es erst den Anschein hatte. Trotz der Unterlagen, die die Äbtissin ihm vorbereitet hatte, zog Heynrich es vor, sich dem Gebet zu widmen und Kraft für die Befragung zu sammeln. Darin versunken, verstrichen die Stunden, bis es an der Zeit war, seiner Aufgabe nachzukommen.

nruhig wälzte sich die Äbtissin unter der Decke ihrer ungewohnten Liegestatt. Der Schlaf floh vor ihr, verwehrte ihr die dringend benötigte Nachtruhe. War es ein Fehler gewesen, um Hilfe zu bitten? Monatelang hatte sie darüber nachgedacht, Hilfe in Anspruch zu nehmen, bis ihr Bruder ein Machtwort sprach. Ernten verdorrten in dieser Zeit, Hungersnöte zogen über die Lande und die wenigen Pilger, die sich hierher ins Hinterland verirrten, erzählten von unvorstellbaren Grausamkeiten.

In leichten Schlaf fallend, schreckte sie seit Wochen aus quälenden Träumen auf. Wann hatte sie die letzte Nacht durchgeschlafen? Es erschien ihr wie Monate.

Jetzt begriff sie, was ihre Vorgängerin ihr einst unter vier Augen anvertraute und ihr, der jungen Schwester Hedwig mit auf den Weg gab, bevor diese ihre Augen für immer schloss. Obwohl sie ihr Bestes gab, war sie längst am Rande der Verzweiflung.

Erschöpft erhob sie sich, kleidete sich an und verließ ihr Schlafquartier. Zermürbende Stille durchdrang jede einzelne Faser des Klosters, selbst die Nachtvögel schwiegen und kündeten dadurch von Bedrohlichkeiten.

Wie so oft in letzter Zeit wandelte die Äbtissin gedankenverloren durch die Klosterhallen, bis sie vor einer wohlvertrauten Tür stand. Die meisten Nonnen im Kloster überschritten die Schwelle nur, wenn ihnen keine andere Wahl blieb. Ansonsten scheuten sie diese wie der Teufel das Weihwasser.

Sorgfältig achtete die Äbtissin stets darauf, dass die Angeln gut geölt waren. Weder Quietschen noch Knarren sollte Andachten von Schwestern beeinträchtigen. Wild klopfte ihr Herz, als sie die Tür öffnete und eintrat. Sie hatte es aufgegeben mitzuzählen, wie oft sie sich in diesem Raum einfand.

Sanftes Licht einer einzigen, großen Kerze beleuchtete das schmucklose Holzkreuz, dem Eingang gegenüber. Tag wie Nacht brannte es auf einem schmalen Podest zur Mahnung dem Herrn gegenüber, dem dieser Raum gewidmet war. Sorgsam achtete sie darauf, die Flamme niemals ausgehen zu lassen und kümmerte sich rührend um das Feuer aus der Heiligen Stadt, das sie einst als Geschenk ihres Bruders zu ihrer Äbtissinnenweihe erhalten hatte.

Vor dem Kreuz niederkniend, und die Flamme betrachtend, betete sie für ihr Seelenheil:

„O Jesu mi,
ignosce nobis,
libera nos ab igne inferni,
ad coelum trahe omnes animas,
praesertim maxime indigentes."

Kummer und Schmerz zerfurchten ihr einst hübsches Antlitz. In ihr Gebet versunken, bat sie um Vergebung. Mit zitternder Hand bekreuzigend, erhob sie sich.

Aufseufzend streifte sie ihre Kleidung ab und legte diese ordentlich zusammengefaltet auf die Sitzfläche eines abgewetzten Stuhles.

Fröstelnd zog Gänsehaut ihren Körper entlang, erhärtete ihre Brustwarzen und ließ sie zittern. Von harter, körperlicher Arbeit schlank geblieben, ließ sich selbst mit ihrem 46.

Lebensjahr noch eine wohlproportionierte Figur erkennen, die mit jedweder griechischer Statue zu konkurrieren vermochte. Kastanienrot wie ihr Kopfhaar trug sich die gleiche Farbe an ihrer Schambehaarung, die niemals zuvor ein Mann berührt hatte.

Schimmerndes Kerzenlicht beleuchtete ihre bleiche Haut und hinterließ tanzende Schatten darauf.

Lediglich das kleine Kreuz, das sie niemals ablegte, baumelte an einer dünnen Kette zwischen ihren Brüsten, denen das Tageslicht fremd war. Regelmäßig dankte sie im Gebet dafür, niemals tatsächlicher Versuchung ausgesetzt gewesen zu sein, wie es viele ihrer weltlichen Schwestern betraf, die um Hilfe im Kloster ersuchten. Ihre Sorgen waren andere.

Zielgerichtet griff sie nach einer der Geißeln auf dem Tisch und befahl sich dem Herrn.

Erneut vor dem Kreuze niederkniend atmete sie tief durch. Mit beiden Händen die Geißel umfassend, schloss Hedwig die Augen. Der erste Schlag über die Schulter war gemeinhin der schmerzhafteste für sie. Kraftvoll durchziehend platzten kaum vernarbte Wunden am Rücken auf. Gezeichnet von unzähligen Striemen verschiedensten Alters, würde sie selbst das leichteste Verrutschen ihrer Tunica am nächsten Tage spüren.

Jeder einzelne Schlag schmerzte bis ins Mark. Kein Laut kam über ihre Lippen. Bei jedem einzelnen Schlag bat sie um die Vergebung der Sünden, sowohl der eigenen wie jener ihrer Schwestern. Schlag folgte auf Schlag und fuhr schmerzhaft in ihre Glieder. Schweißtropfen traten auf ihre Stirn und brachten sie zum Keuchen. Schwer atmend entspannte sich die Äbtissin nach geraumer Zeit.

Wärme entfachte in ihr und brachte ihr den Frieden, nach dem sie sich sehnte und den sie nach dieser Buße erlebte. Keuchend fiel Hedwig nach vorne. Minutenlang blieb sie auf dem kühlenden Boden ruhend, wo das Licht der Kerzenflamme ihren blutüberströmten Rücken mit tanzenden Schatten überzog. Tränen spülten den letzten Rest an Sorgen und Kummer hinweg.

So mochte sich jener geläuterte Himmel anfühlen, von dessen Existenz die Geschichten der Märtyrer berichteten.

Mühsam erhob sich die Äbtissin, jeder einzelne Knochen und jeder Muskel schmerzten. Dankbar blickte sie auf die Geißel in ihrer Hand, legte das blutbefleckte Instrument beiseite und ihre Kleidung wieder an. Schwerfällig einen Fuß vor den anderen setzend, verließ sie die Kammer und schloss die Tür hinter sich.

locken läuteten die Zeit für das Gebet ein und rissen Prudence aus ihren Gedanken. Taubheitsgefühl überzog ihre Unterschenkel, mit jeder Stunde hatten sich die Holzkanten tiefer in ihr Fleisch geschnitten.

Aus ihrer Trance gerissen, bemerkte die Nonne erst nicht, dass die rechte Hand der Mutter Oberin sie abholte. Schwester Martha, eine alte Ziege, die beständig nach Stall roch, löste ihr die Kette um den Knöchel und murmelte in sich hinein. Was sie von sich gab, wollte Prudence ohnehin nicht verstehen.

Mürrisch zog Martha ihre jüngere Mitschwester hoch und packte ihren rechten Arm über ihre Schultern. Kraftlos sackte Prudence in sich zusammen.

„Komm schon! Du weißt wohin es geht!"

Der stichelnde Unterton in ihrer Stimme fiel Prudence kaum auf. Weitaus mehr Sorgen machte ihr die fehlende Kraft in den Beinen.

Halb tragend, halb gehend schleifte Martha sie zur Strafkammer. Für ihre beinahe 50 Jahren war sie kräftig und hätte es mit manchem Soldaten vom Schlachtfeld aufnehmen können. Mehr an der älteren Schwester hängend als selbst gehend, verblieb Prudence nach wie vor in Gedanken im Gebet. Erst vor der Strafkammer gewahrte Prudence den Ernst der Lage und riss die Augen auf.

„Bitte ... "
„Hör auf zu jammern, Kindchen. Du weißt schon, was jetzt komm ... ach, ich vergaß ..."

Schweigend öffnete Martha die Tür und trat ein. Unberührt lag die Kammer vor ihnen. In der Mitte des Raumes ließ sie ihre Mitschwester los. Kraftlos sackte diese zu Boden. Tränen in den Augen rieb sie sich die Unterschenkel.

Schnurstracks griff Martha nach einer Kette und zog diese von der Wand weg. Klirrend schleifte das Metall am Boden. Ein rascher Griff nach dem linken Knöchel der Nonne brachte diese aus dem Gleichgewicht und warf sie zu Boden. Kühl umschloss das Metall ihren Knöchel und fixierte sie damit an der Kammermauer. Ohne sie eines weiteren Blickes zu würdigen, verließ Martha den Raum und ließ Prudence mit ihren Gedanken alleine zurück. Angst zog mit Eiseskälte in ihr Herz. Obwohl dieser Raum durch die Kerze wärmer war, umwob sie die Kälte nach wie vor mit klammen Fingern.

Keine der Schwestern betrat gerne diese Kammer. Schmerzhaft waren die Augenblicke, die sie darin verbrachten. Sie selbst hatte dies bereits am eigenen Leibe erlebt. Scham hielt die Schwestern davon ab, über jene Dinge zu berichten, die sich in der Kammer zutrugen.

Am Boden kauernd umklammerte sie die Beine mit ihren Armen. Erneut in ein Gebet versinkend und darin um Gnade bittend, weigerte sie sich, die Gerätschaften der Kammer genauer zu betrachten. Sie würde noch früh genug damit zu tun haben.

Das Gebet würde ihr Zuflucht und Schutz bieten.

eynrich nutzte die Zeit zwischen Mette und Prim ausführlich zum Studium der bereitgestellten Unterlagen, nachdem er seine Zeit ausreichend dem Gebet gewidmet hatte. Vielfach klangen die Aufzeichnungen des Klosteroberhauptes, als gäbe sie sich selbst die Schuld an der gegebenen Situation.

Für simple Gemüter wäre dies eine bequeme Lösung. Wer, wie er, gerne hinter die Kulisse blickte, erkannte rasch, dass die simpelste Lösung nicht immer der tatsächlichen Wahrheit entsprach. Obwohl die Unterlagen verschiedene Fragen klärten, warfen sie gleichermaßen Fragestellungen auf, deren Antworten ihm die Äbtissin noch schuldig war.

Schweigend lauschte Heynrich sowohl bei Mette wie bei Prim den Vorträgen des alten Beichtvaters und Klosterpriester. Bei einigen Passagen runzelte er die Stirn. Mitunter verstand er kaum die Hälfte des Gesprochenen, nuschelte der alte Mann hinter der Kanzel doch in einer regelmäßig stockenden Sprechweise. War es nicht die Lautstärke, dann mangelte es an seinem Gedächtnis, das einem flüssigen Ablauf abträglich war. Trotz seiner Bemühungen, war ihm das hohe Alter deutlich anzumerken. Dessen ungeachtet schüttelte Heynrich den Kopf, er war nicht wegen des alten Priesters hergekommen.

Schweigsam und demütig diente die Handvoll Nonnen dem Gebet weitaus besser, als er es in anderen Klöstern erlebt hatte. Die Mutter Oberin führte ein gestrenges und dadurch wirkungsvolles Regiment, wie er zufrieden feststellte. Umso fragwürdiger erschienen ihm die Vorkommnisse, von denen er bislang erfahren hatte und auf die es zurzeit keine Antwort gab.

Den alten Priester würde er bei Bedarf separiert befragen. So nickte er ihm nur zu, kniete vor dem liebevoll geschmückten Altar nieder, bekreuzigte sich und verließ als Letzter den nach Weihrauch riechenden Gebetsraum. Weit vor ihm hatte die Äbtissin die Kapelle verlassen und wartete mit gefalteten Händen davor auf ihn.

Frühes Tageslicht tauchte den Kräutergarten vor der Kapelle in die prächtigsten Morgenfarben und bestach durch verblassenden Geruch nach nächtlichem Regen. Tief atmete Heynrich ein und bewunderte die Schönheit des beginnenden Tages.

„Bruder Heynrich, sie wäre soweit. Wenn Ihr mir bitte folgen wollt ..."

Nahezu bedächtig drehte sie sich um und setzte vorsichtig einen Schritt vor den anderen. War sie am Tag zuvor ein Vorbild an Eleganz und gleitender Bewegungen gewesen, erschien ihr Verhalten an diesem Morgen steif und hölzern.

Schweigend führte sie ihn an verschiedenen Heiligenstatuen vorbei, bis sie vor einer dicken Eichentüre standen.

„Wünscht Ihr, dass ich Euch begleite, oder findet Ihr Euch alleine zurecht?"
„Danke, Mutter Oberin, ich werde mich zurechtfinden. Doch was Euch betrifft ..."

Wortlos musterte der Mönch sie von Kopf bis Fuß und betrachtete ihr schmerzverzerrtes Antlitz.

„... Ihr solltet Euch von Eurer Buße erholen, Mutter Hedwig!"

Kaum wahrnehmbar huschte ein Schatten über ihr Gesicht, nicht mehr, denn ein Ausdruck des Erschreckens, den sie, ob seiner Worte, empfand. Gleichwohl zeigte es ihm, dass er mit seiner Vermutung ins Schwarze getroffen hatte.

„Zwei Dinge wären noch! Zum einen vermisse ich die Nonne, welche mich gestern zu ihr brachte. Agnes glaube ich, war ihr Name. Ich befahl ihr, hier zu erscheinen! Da sie es offensichtlich mit Befehlen nicht so genau zu nehmen scheint, obliegt es Eurer Verantwortung, sie zu mir zu senden. Ich erwarte, dass meine Vorgaben eingehalten werden!"

„Natürlich. Schwester Agnes wird sich einfinden. Ihr Fehlverhalten ..."

„... es ist nicht Eure Aufgabe, für das Fehlverhalten der Schwester Euren Kopf – geschweige denn Euren Rücken - hinzuhalten!"

Rascher Wechsel der Stimmlage, hinein in eine dominierende Strenge, brachte die Äbtissin augenblicklich zum Schweigen, bevor er erneut in seinen üblichen Tonfall zurückkehrte.

„Überdies wünsche ich von Euch eine Information bezüglich des 13. Aspektes der Klosterregeln, nach denen Ihr hier zu leben scheint! Mir ist dies kein Begriff, also erklärt Euch!"

Peinlich berührt zwang sie sich, seinem durchdringenden Blick standzuhalten. Sie hatte erwartet, dass dieses Thema zur Sprache käme.

„Bruder Heynrich, unser Klosterreglement habe ich Euch zu den Unterlagen gelegt. Darin solltet Ihr auch den 13. Aspekt finden."
„Mutter Oberin, dann solltet Ihr Eure eigenen Unterlagen durchsehen. Es lag nichts dergleichen dabei!"

Erbleichend sah sie ihn an.

„Nun Vater, der 13. Aspekt besagt nichts anderes denn eine Verschärfung des üblichen Keuschheitsgelübdes. Weder ist es gestattet andere, noch sich selbst in unkeuscher Weise zu berühren. Geschieht dies doch, und sei es nur in einem Traum im Schlafe, ist dies Vergehen zu beichten und dafür Buße zu tun, auf dass der Teufel kein weiteres Mal Einzug zu halten vermag."

„War dafür die Buße, die Euch heute zeichnet?"

„Ihr seid überaus direkt in Euren Fragen, Vater. Aber nein, dies war nicht der Grund, vielmehr ..."

„... ja? Sprecht es aus, Mutter Hedwig. Ich kann Euch nicht helfen, wenn ich Euch jede Frage einzeln aus der Nase ziehen muss."

„Nein, es hatte mit dem 13. Aspekt nichts zu tun. In manchen Nächten fühle ich mich berufen um Gnade zu bitten, für die hier begangenen Sünden."

„Ihr hättet warten und beichten können. Es scheint, als bräuchtet auch Ihr Beichte und Vergebung. Dazu jedoch später. Um zum 13. Aspekt zurückzukehren – gibt es noch etwas dazu zu sagen?"

„Nein. Ich werde Euch sämtliche, noch fehlenden Unterlagen übergeben. Ihr werdet jegliche Unterstützung erhalten, die Euch bei der Wahrheitsfindung zu helfen vermag. Gestattet Ihr mir die Frage, wie Ihr auf den 13. Aspekt kamt, wenn Ihr nichts dergleichen in den Unterlagen fandet?"

„Anscheinend ist diese Nacht etwas vorgefallen, wie Schwester Agnes es formulierte und dabei auf diesen Aspekt zu sprechen kam. Eine Frage drängt sich mir dazu auf. Gibt es einen besonderen Grund für diesen 13. Aspekt? Ich bin weit gereist, jedoch ist mir eine derartige Verschärfung des Gelübdes bislang nicht untergekommen. Überdies erscheint mir die Härte der Bestrafung nicht nur unüblich, sondern überdies recht hoch. Ich sah das „Liber Ordinarius" bei Euren Unterlagen, somit wisst Ihr ebenfalls, dass es allenfalls eine

Buße von 3 mal 3 Geißelschlägen vorsieht und selbst dies allenfalls bis zu 3 Mal am Tage. Wenn ich Euch so betrachte und was ich bei den Schwestern bislang sah, überschreitet Ihr diese Vorgaben bei Weitem. Ich will den Grund von Euch dafür wissen!"

„Gestattet mir, Euch diese Antworten an einem geeigneteren Platz zu geben!"

Erstaunen legte sich über Heynrichs Antlitz.

„Gut. So sei es."

Sich bewusst ein paar Schritte hinter ihr haltend, beobachtete er ihre Art, sich zu bewegen, und schüttelte den Kopf. Noch erschien die Bitte um seine Anwesenheit nicht zu spät, sondern vielmehr rechtzeitig getätigt worden zu sein. Binnen kurzer Zeit langten sie erneut in ihren Gemächern ein. Sorgsam schloss die Äbtissin hinter sich die Tür und deutete auf einen der Stühle.

„Bitte, nehmt Platz!"

Sie selbst trat an das Schreibpult heran, an dem Heynrich zuvor etliche Stunden zugebracht hatte. Sowohl Folianten wie Pergamentrollen hatte er grob überflogen und sich einen ersten Überblick über das vorhandene Wissen verschafft. Auf den ersten Blick hatte er kaum sinnvolle Antworten auf seine Fragen erhalten, umso bedeutsamer waren die Informationen der Äbtissin.

Für einen Moment schloss sie die Augen und faltete die Hände vor ihrem Mund wie zum stillen Gebet, bevor sie sich zu Boden beugte und aus einer der Laden des Tisches eine schmale Schatulle holte. Schmucklos, wenngleich auch fein gearbeitet, zeugte es von der Hand eines wahren Künstlers.

Für einen Moment wirkte die Äbtissin gedankenverloren, trat danach jedoch an Heynrich heran und überreichte sie ihm.

„Vater, es gibt Dinge, die als schwere Bürde auf einer Äbtissin zu ruhen vermögen. Dazu gehört ebenso die Sorge um das geistliche wie körperliche Wohl der Schwestern in ihrer Obhut. Es ist mir nicht möglich, die gesamte Schuld abzuarbeiten, die ich im Lauf der Jahre auf mich genommen habe. Daher möchte ich Euch um etwas bitten."

Sich ihm gegenübersetzend verzichtete sie darauf, mit dem Rücken die Stuhllehne zu berühren. Sah den Mönch an, wie dieser die Schatulle in seinen Händen hielt und betrachtete. Selten zuvor hatte er etwas ähnlich filigran Gearbeitetes in Händen gehalten.

„Ich bitte Euch darum, mir zu helfen! Darum schrieb ich Euch und darum bitte ich nun erneut!"
„Was enthält sie? Ihr werdet gewiss verstehen, dass ich nach Euren Worten erst einmal Genaueres wissen muss, bevor ich entscheide, ob und wenn ja, wie ich Euch zu helfen vermag."
„Ich bitte Euch, öffnet sie."

Flehentlich sah sie ihn an. In ihren Augen und ihrer ganzen Haltung stand offenkundig, dass sie längst mit ihrer Weisheit am Ende war.

„Bruder Heynrich, ich war nicht ganz ehrlich zu Euch. Die Unterlagen auf dem Tisch, die Folianten und Papiere sind nicht alles. Einen Teil der Dinge halte ich hier in der Schatulle verschlossen und verborgen, sodass sie sicher vor dem Zugriff Unbefugter sind. Ich hätte, das gebe ich zu, Euch diese Schatulle längst überantworten sollen. Dies ist mein Fehler. Dafür bitte ich um Verzeihung."

Seine gestrengen Worte und sein auf sie gerichteter Blick ließen ihre Beichte schwer wiegen. Es lag ihr fern, ihn zu beleidigen, und doch vermeinte Hedwig ob seiner Rüge, er würde ihr das Kleinod in der Schatulle übelnehmen. Nicht wissend, wie sie ihm klarmachen sollte, dass das darin aufbewahrte Stück für sie wichtig war, zog sie es vor, darüber zu schweigen.

Wohl bemerkte Heynrich, wie schwer es ihr fiel, ihm die Schatulle zu überreichen, als wäre diese für sie kostbar und wertvoll. Ihre Bewegungen betrachtend, bemerkte er wohl, wie sie mit ihrem schmerzenden Rücken zu kämpfen hatte.

Gleichwohl mit Skepsis suchte er in ihrem Gesicht die Wahrheit. Wo es ihm leichtfiel sie zu lesen, wirkte er auf sie wie ein versiegeltes Buch, dessen Schlüssel ihr vorenthalten wurde.

Ein Funke in seinem Blick, ein kaum wahrnehmbarer, huschender Moment und sie begriff, warum er einen derart ausgezeichneten Ruf genoss. Umso mehr Scham empfand sie, ihm die Schatulle nicht früher gereicht zu haben.

„Bruder Heynrich, dies Kleinod in der Schatulle nutzte ich oft, vielleicht etwas zu häufig. In letzter Zeit jedoch blieb es verschlossen. Eure Worte von zuvor, die Buße zu mäßigen, ich werde sie beherzigen."

Nie zuvor hatte sie jemand in dieser Weise angesehen. Gänsehaut zog schaudernd über ihren Rücken, als sie begriff, dass er ihr bis in die tiefsten Gedanken zu sehen vermochte. Verwirrung über ihre eigenen Gefühle trat in ihre Augen und beschämte sie in einer bislang unbekannten Weise.

Vor ihm auf die Knie fallend griff sie nach seiner Hand. Mit beiden Händen haltend, küsste sie diese und hielt sie fest, bis er sie ihr entzog und auf die Schatulle legte. Er erschien ihr wie ein Abbild des Heiligen Franziskus, mächtig und bescheiden zugleich und auf das Gottgefällige vertrauend. Sie war sich nicht zu schade, vor ihm zu knien und für das Seelenheil der Schwestern zu bitten. Als Äbtissin oblag dies ihrer Verantwortung.

„Ich bitte Euch um Hilfe, wie ich es im Brief schrieb. Holt mir, ich bitte Euch, den wahren, heiligen Segen des Herrn zurück. Dies Kloster soll im Glanz erstrahlen, wie es einst gedacht war, als es erbaut wurde. Ich bitte Euch - dem Seelenheil der Schwestern zuliebe."

Nach wie vor auf den Knien und ihn mit gefalteten Händen anblickend, wartete sie auf seine Antwort. Bewegt hielt er die Schatulle in seiner linken Hand und zog das Kreuzzeichen darüber.

Noch wusste er nicht, welcher Schmerz sich im Herzen der Äbtissin verbarg, das Entgegenkommen und ihr absoluter Wille ihn bei seiner Aufgabe zu unterstützen fanden hingegen sein Wohlwollen. Wie oft sprach er zu Gläubigen und erhielt nicht mehr als lediglich Ablehnung, wenn er ihnen Schonung empfahl. Hedwig war anders. Ihre Worte, ihr Verhalten und ihre Demut ihm gegenüber zeugten vom wahren Glauben, den er gern unterstützte.

Überdeutlich zeichneten sich ihre Gedanken in ihrem Gesicht ab. Offen wie ein Buch vermochte er in ihr zu lesen. Sich zu verstellen oder gar Falsches vorzuschieben, wie er es an Adelshöfen mitunter vorfand, hatte sie niemals gelernt.

Er würde die Wahrheit herausfinden und das Kloster vom Bösen läutern, selten zuvor hatte er ein Klosteroberhaupt vorgefunden, dem das Seelenheil der Mitbrüder und -schwestern dermaßen wichtig schien, wie es bei Hedwig der Fall war.

„Non nobis domine, sed nominem tuo ..."

Sanftmut trat in sein Antlitz, als er sich ihr zuwandte.

„Dominus vobiscum."

Demütig kniete sie nach wie vor zu seinen Füßen. Längst war das Kaminfeuer ausgegangen, Glut gloste, es roch nach Asche.

Hoffnung keimte in ihrem Herzen, verscheuchte jene Angst, unter der sie lange Zeit gelitten hatte. Sie senkte ihr Haupt und antwortete: „Et cum spiritu tuo."

Kraft durchströmte ihr geschundenes Wesen. Engelsgleich wirkte er auf sie und doch musste sie sich erst in ihren Kopf zurückrufen, dass er genau wie sie ein Mensch war, gleichwohl der Glaube durch ihn sprach.

„Sit Nomen Domini benedíctum.
Ex hoc nunc et usque in sæculum.
Adjutorium nostrum in nomine Domini.
Qui fecitcælum et terram.
Benedicat vos omnipotens Deus Pater, et Filius, et Spiritus Sanctus."

Tränen der Rührung traten in ihre Augen, als sie seine Güte wahrnahm, wie sich diese in ihr Herz schlich und es mit seinem Segen erfüllte.
Mit gefalteten Händen blieb sie vor ihm am Boden. Den Kopf gesenkt haltend und darum bemüht sich die Tränen nicht anmerken zu lassen, vernahm sie das kaum wahrnehmbare Knarren beim Heben des Deckels der Schatulle.

Die Innenseite mit rotem Damast ausgeschlagen, harmonierte mit dem dunklen Holz. Sein Blick fiel auf die Pergamentrollen in ihrem Inneren. Darunter schimmerte ein rotes Stück Tuch hindurch.

Vorsichtig entnahm Heynrich das oberste Pergament und rollte es auf. Leicht verblasst, schimmerte ihm kräftig geschwungene Schrift entgegen. Aus alten Unterlagen kam sie ihm bekannt vor.

„Obwohl es unter das Beichtgeheimnis fällt, so erscheint es mir richtig, diesen Teil der Beichte aufzuzeichnen."

„Einige Zeit nach dem Ablegen meines Gelübdes, bat eine Pilgergruppe um Nachtquartier. Es war eine Abwechslung, die mir jedoch verwehrt wurde. Ich sah sie nur, da ich in der Küche stand und einen Blick aus dem Fenster hinaus in den Innenhof wagte.
Die Gruppe war jung, Frauen wie Männer gemischt, die sich dezent unterhielten. Frisch gekochte Suppe wurde ihnen von den Mitschwestern gereicht. Ich bekam nur mit, dass sie auf dem Weg zum Heiligen Vater waren. In dieser Nacht schliefen die Pilger nach Geschlechtern getrennt in den Ställen.

Ich träumte, anfänglich begriff ich nicht, erst geraume Zeit später verstand ich, was der Traum bedeuten mochte. So stand ich inmitten eines belebten Marktplatzes. Stimmen erklangen und vergingen, die mich nicht interessierten. Ich ging im Traum an den Menschen vorbei, bis der Platz hinter mir lag. Vor mir erstreckte sich ein Pfad, der vereinzelt von Menschen bevölkert war. Einige Nischen gab es dort.

Ich wollte weitergehen und kam doch ich nicht weit, als aus einer der Nischen ein Mann hervortrat, den ich ewig nicht mehr gesehen hatte. Wie erstarrt stand ich für einen Augenblick da und begriff nicht. Bis ich das Pochen zwischen meinen Beinen fühlte.

Dieses Lächeln auf seinem Gesicht, wie sehr ich es doch vermisst hatte. Jahre waren ins Land gezogen seither. Die Gänsehaut in meinem Nacken und das Gefühl in meinem Bauch zeugten davon, dass ich mich selbst nicht mehr verstand ob meiner Empfindungen.

„Wo warst du die ganze Zeit?" Mehr kam in diesem Moment nicht über meine Lippen. Ich sah ihn an, wie er mich anlächelte. War er auf dem Schlachtfeld nicht verstorben, mit vielen anderen aus dem Dorf in den Krieg gezogen, auf Weisung der Oberen hin?

Sein Lächeln sorgte für Gänsehaut in meinem Nacken. Ich hatte es vermisst, mehr noch, als ich es mir selber einzugestehen in der Lage war und nun stand er unbeschadet vor mir.

„Du warst nicht mehr da, als ich zurückkam", meinte er zu mir.

Ich ließ zu, dass er mich in die Nische zog und mich berührte, meinen Hals hinab strich, mir das Kleid öffnete und es von meinem Körper streifte. Nackt stand ich in meinem Traum vor ihm. Jede einzelne Berührung ließ mich dahinschmelzen.

In jenem Moment, als seine Hand meinen Bauch hinabglitt und meine Beine sich wie von selbst öffneten, um ihn willkommen zu heißen, bemerkte er nur: „Oh, du hast mich vermisst!"

Ich spürte, wie er mich an sich drückte und ein Feuer in mir entfachte, das ich nicht mehr zu löschen vermochte.

Bevor ich etwas sagen oder tun konnte, war seine Manneskraft bereits in mir. Das Verlangen und die Begierde, die ich spürte und die nach ihm verlangte, vermochte er allzuleicht zu erfüllen.

In diesem Moment erwachte ich und erkannte, wie meine eigene Hand, das Keuschheitsgelübde brach."

„Das berichtete sie mir. Vater Abraham a.d. 17. Juni 1621"

Regungslos blickte er die Äbtissin an, wie sie hoffnungsvoll zu ihm emporsah. Gerührt über ihr Vertrauen in ihn und erstaunt über das Gelesene, reichte er ihr die Rolle und entnahm der Schatulle die nächste.

Zarter geschwungen und mit feineren Linien versehen handelte es sich um einen anderen Schreiber, wie er für sich selbst bemerkte.

„Nachts floh der Schlaf. Ich konnte nicht träumen, nicht schlafen, die Stunden zu den Gebeten wurden immer länger. Eines Nachts stand ich auf dem Friedhof hinter dem Kloster. Wie ich dahin gelangt war, weiß ich bis jetzt nicht.

Was ich dort sah, erschreckte mich bis tief ins Mark.

Auf einem der Gräber erblickte ich Schwester Emilie. Sie trug zwar die Tunica, jedoch bis zur Hüfte nach oben geschoben. In teuflischem Takt bewegte sie sich, als würde sie den ehelichen Pflichten nachkommen. Dabei war sie, wie wir alle, mit dem Herrn vermählt.

Etwas glitzerte in ihrer Hand, das ich nicht zu erkennen vermochte.

In diesem Moment war ich wie erstarrt, unfähig einzuschreiten. Sie begann zu keuchen und irgendwann entfuhr ihr ein stummer Schrei. Mir schien, als würde sie zu jemandem sprechen. Worte, die ich nicht verstand. Bis sie dann zurücksank und ich mich aus meiner Erstarrung lösen konnte.

Ich bitte um Vergebung, dass ich nicht einzuschreiten vermochte.

Schwester Gunhild, a.d. 11. August 1619"

Erneut fiel sein Blick auf die Äbtissin. Ein Blick, den sie nicht zu deuten vermochte. Er verwirrte sie, indem er sie ansah, ohne mit ihr zu sprechen. Reife und Weisheit standen in seinen Augen geschrieben, Gaben, die bei jemandem seines Alters ungewöhnlich waren. Er musste von Gott gesegnet worden sein, um ihm zu dienen.

Die zweite Pergamentrolle zur ersten legend, griff er zur nächsten.

Verschlissen ruhte diese in seiner Hand und knisterte beim Entrollen. Viele Textpassagen waren durch Wasser unleserlich geworden.
Wo ihm die feinen Linien der Schrift bekannt vorkamen und klar strukturiert schienen, wirkten sie wie aus der Feder eines alten Mönches, dessen Werke er vor Jahren in Händen hielt.

„... ihrer Sünden gemäß vermochte Schwester ... nur mit Schmerzen ihrem Treiben Einhalt zu gebieten. Nichts anderes denn Schmerz konnte ihre Zunge lösen ...

...

.... tragischerweise .... in Exerzitien wie Gebeten ...

.....

Ich nahm ... Exor ...

...

In großer Hoffnung, meiner Arbeit möge auf Dauer Erfolg beschieden sein ..."

Abschließend hatte der Verfasser auf eine Unterschrift verzichtet und stattdessen ein zart, gemaltes Kreuz angefertigt.

„Ich gehe davon aus, dass ich ähnliche Texte bei den übrigen Pergamentrollen finden werde?"
„Ja, es sind Berichte, die nicht unbedingt jedem zugänglich sein sollten. Sie könnten zu viel Verwirrung und Angst auslösen."
„Ich verstehe."

Nun griff er nach dem rotseidenen Bündel und öffnete es bedächtig.

Inmitten des Tuches ruhte eine handliche Geißel. Liebevoll gearbeitete Details steckten im Griff. Eingetrocknete Blutspuren überzogen die scharfkantigen Striemen. Heynrich erinnerte sich nicht daran, jemals zuvor eine derart kunstvoll gearbeitete Geißel in Händen gehalten zu haben.

„Ich glaube, ich kann mir ein ungefähres Bild machen, allein die Fülle an Berichten in dieser Schatulle spricht eine eindeutige Sprache. Doch der erste Anschein trügt mitunter. Vermutungen sind bisweilen Täuschungen. Also sprecht! Was habt Ihr mir sonst noch nicht erzählt?"

Für einen Moment legte er seine Hand auf ihre rechte Schulter. Kraft schien sie zu durchströmen. Ihr Rücken straffte sich unter seiner Berührung.

„Erhebt Euch, Ihr braucht nicht vor mir zu knien!"

Ein Blick seiner Augen genügte, um der Aufforderung zu folgen. Wärme und Zuversicht durchströmte ihr gepeinigtes Herz.

„Die Antwort auf Eure Frage zum 13. Aspekt haltet Ihr in Händen. Ich bitte Euch lediglich, über den Inhalt der Schatulle Schweigen zu bewahren. Diese Sache ist zu delikat, als dass andere Ohren sie vernehmen sollten. Von mir abgesehen, seid Ihr der Einzige, der diesen Inhalt kennt. Ich bitte Euch, lasst sie mich wieder an ihren Platz zurücklegen."

Wohlwollend nickend reichte ihr Heynrich die Schatulle und den entnommenen Inhalt. Sorgsam schlug sie die Geißel erneut in das Seidentuch. Erst jetzt bemerkte Heynrich das zierlich gestickte Kreuz auf dem Tuch. Geißel wie Pergamentrollen verstaute sie in der ursprünglichen Ordnung und verschloss sie erneut.

„Wie Ihr selbst schon erkannt, beinhalten diese Pergamentrollen zumeist Berichte den Schwestern sowie dokumentierte Vorfälle. Vater Valentinus, der Herr sei ihm gnädig, brachte diesen Aspekt einst zum Vorschlag. Mit Schmerz, stellte er fest, ließen sich gewisse Symptome lindern. Somit entstand der 13. Aspekt aus Mitgefühl und als

Hilfestellung und Leitfaden für all jene, die in diesem Kloster dienen."

Ihr Blick barg Besorgnis und gleichermaßen Respekt vor dem Geistlichen, von dem sie sprach.

„Meine Vorgängerin übernahm seinen Vorschlag und tat gut daran. Bis vor einige Zeit erschien dieser Aspekt überaus nützlich, die Vorkommnisse hielten sich in Grenzen. Geraume Zeit, bevor ich Euch um Hilfe bat, steigerten sich die Vorfälle mit Schwester Prudence in einem unheimlichen Ausmaß, das mich meinen Bruder konsultieren ließ. Bereits zuvor hörte ich von Euch und Eurem untadeligen Ruf, den mein Bruder mir bestätigte. Dies war der Grund, weshalb ich Euch schrieb und um Eure Hilfe bat."

„So, wie es sich darstellt, vermute ich die Präsenz eines starken Dämons. Eine Häufung derartiger Vorfälle gerade in Eurem Kloster ist jedoch seltsam und ungewöhnlich, vor allem, da es sich über eine lange Anzahl von Jahren zu ziehen scheint."

Heynrich nahm den Becher Wasser entgegen, den ihm Hedwig reichte und trank davon.

„Wie dem auch sei, seid meiner Hilfe in dieser Angelegenheit gewiss. Ich hege bereits ein paar Vermutungen. Doch bevor ich dies weiter verfolge, lasst uns die beiden besagten Nonnen befragen. Ich werde noch eine weitere Schwester benötigen, welche als Zeuge und Unterstützung beiwohnt. Diese Person sollte möglichst untadelig sein. Verzeiht, wenn ich es so direkt ausdrücke, sie sollte durch Schmerzen anderer nicht von ihrer Pflicht ablenkbar sein. Bei Euch gehe ich davon aus, dass Ihr damit keinerlei Probleme haben werdet. Ihr und diese Schwester werdet mir in dieser Angelegenheit zur Seite stehen!"

Erneut fiel die Äbtissin vor ihm auf die Knie, griff nach seiner rechten Hand und küsste diese, bevor sie den Blick zu ihm hob. Erstaunt nahm er jene Tränen wahr, die ihr die Wangen hinunterliefen. Sanft wischte er die Tränen beiseite.

„Habt Dank, Bruder Heynrich. Möge der Segen des Herrn Euch gewiss sein."

Sich erhebend und nach wie vor unter der nächtlichen Buße leidend, ließ sie seine Hand los.

„Ich werde Euch Schwester Martha zur Seite stellen. Sie ist meine rechte Hand und die am besten Geeignetste unter meinen Schwestern. So Ihr dies wünscht, will ich Euch als Zeugin dienen, es sei denn, es ist Euer Wunsch, dass ich mich anders einbringe. Sobald Ihr bereit seid, erwarte ich Euch vor der Kammer."

Mit diesen Worten drehte sie sich um und verließ ihre eigenen Räumlichkeiten. Kaum war die Tür geschlossen, lehnte sie sich dagegen und atmete tief durch. Vertrauen zum Mönch glühte in ihrem Herzen. Den Rosenkranz in Händen haltend und fest gegen die Brust drückend, schickte sie ein Stoßgebet nach oben. Das Gefühlschaos in ihrem Herzen peinigte sie mehr, als der Schmerz der letzten Zeit. Emotionen, die sie lange Zeit vergessen glaubte, kamen ans Tageslicht und brachten sie zum Weinen. Falsche Stärke, die sie über Jahre als Schutz aufgebaut hatte, bröckelte.

Ihre zitternden Hände, ihr hoffnungsvoller Blick und ihr gesamtes Verhalten ihm gegenüber, gab Heynrich deutlich zu verstehen, dass sie all die Zeit eine Stärke zu tragen gezwungen war, die ihr vieles abverlangt hatte. Schweigend stand er in der Kammer und lauschte dem leisen Schluchzen davor. Er spürte, wie ihre Beichte ihr etwas von der Seele genommen hatte, das sich nun im Wasserfall der Gefühle offenbarte.

Ein dezentes Lächeln trat auf seine Lippen. Würde es ihm gelingen, dieser Seele zum Heil zu verhelfen, wäre dies bereits ein Segen, nicht nur für sie, sondern für das Gute im Allgemeinen. So lange Zeit kämpfte er bereits gegen das Böse. Oft wurde seine Hilfe nur äußerst unwillig empfangen, hier jedoch ...
Eine Bastion des Glaubens, bedrängt durch das Böse, und die Betroffenen trotz der Heimsuchung stark im Glauben. Leise öffnete er die Tür, fasste die Mutter Oberin an den Schultern, drehte sie zu sich, zog sie heran und bot ihr seine Schulter zum Ausweinen.

Verhalten schluchzend ließ Hedwig seine Geste zu. Stiller Schmerz drang selten nach außen. Wie oft hatte Heynrich es erlebt, dass Angeklagte lauthals weinten und klagten, nur um wenig später der Schuld überführt zu werden. Wo sie leise weinten, sich der Aufmerksamkeit entzogen, dort suchten sie nach Heil und Trost, wie kleine Kinder, wenn diese sich zurückzogen. Heynrich spürte, wie Hedwig am ganzen Leib bebte und kaum wahrnehmbar schluchzte, sein Skapulier mit Tränen durchtränkte. Tröstend legte er seine Hand auf ihr Haupt, sodass sie sich fallen lassen konnte, bis ihr Schluchzen verklang und ihre Seele durch die Tränen gereinigt war.

Augenblicke später löste sie sich aus seinen Armen, wischte die Tränen beiseite.

„Ihr seid sehr gütig, Bruder Heynrich. Ich danke Euch!"
„Tränen sind eine Gabe der Heilung."

Mit diesen Worten strich er ihr über die feuchten Wangen und wischte ihr die letzten Tränen vom Gesicht.

„Ihr braucht Euch ihrer nicht zu schämen!"

Wohlwollend spürte er, wie seine Geste in ihrem Herzen ankam und sie neuen Mut fasste. Manchmal brauchte es nicht mehr, denn einen winzigen Funken, eine dezente Berührung oder eine Schulter zum Ausweinen, um einem Herzen zum Frieden zu verhelfen. Allzuleicht geschah es, dass Stärke ein Herz zum Verstummen bringen mochte – vor allem, wenn dieses Herz sensibel und empfindsam war.

Er hatte in ihr Herz gesehen und eine sensible Seele gefunden, die unter dem Schutzmantel der Stärke heranwuchs, einem Kokon gleich, in dem es wachsen und gedeihen konnte. All der Schmerz der letzten Jahre, gleichwohl beschützt und behütet vom Göttlichen, an das sie glaubte, sodass ihr kein wirkliches Leid widerfuhr, diente lediglich dazu, aus ihrer zerbrechlichen Seele eine starke und kräftige Persönlichkeit zu formen. Den Schild, den sie bislang trug, würde sie künftig nicht mehr benötigen.

Trotz seiner Worte peinlich berührt, dankte sie ihm mit einem dezenten Kopfnicken.

„Vater, Ihr gestattet, ich habe noch eine Aufgabe zu erfüllen!"

Hedwig drehte sich um und verschwand hinter der nächsten Biegung im Gang. Ihre Seele fühlte sich erleichtert an und zauberte ihr ein Lächeln auf die Lippen. Sanftmut im Herzen fühlend für ihr leidendes Wesen, wusste Heynrich, dass sie gut daran getan hatte, ihn um Hilfe zu bitten. Hier lohnte sich sein Einsatz im Kampf um das Seelenheil der Schwestern.

inaus in das helle Tageslicht tretend, dessen Klarheit jedes einzelne Blatt am Klosterfriedhof erstrahlen ließ und das die Grabkreuze wie weiße Knochen zum Schimmern brachte, fühlte Hedwig eine Ruhe in sich wie seit Jahren nicht mehr.

Heynrichs einfache Geste hatte ihr eine Last von den Schultern genommen, derer sie sich nicht im Geringsten bewusst gewesen war. Im Freien stehend, atmete sie die saubere, regenschwere Luft ein und erfreute sich an ihrem satten Geruch.

Seit Jahrzehnten stand das winzige Beinhaus nahezu unberührt an der Klostermauer. Tag für Tag kniete Schwester Martha darin vor einer nahezu winzig anmutenden Statue der Gottesmutter und betete. Über viele Jahre hinweg trug die schmale Betbank darin Spuren der täglichen Nutzung.

Hedwig klopfte dezent dreimal an die Holzpforte und wartete. Stirnrunzeln überzog die Stirn der Betenden, die Störungen verabscheute. Minuten später zog sie das Kreuzzeichen und erhob sich. In ihren fließenden Bewegungen und kräftigen Armen war ihr das Alter nicht anzumerken.

„Ich bitte dich, liebe Schwester, mir zu folgen. Bruder Heynrich bat um Unterstützung bei seiner Aufgabe."

Schweigend sah sie ihre Äbtissin an und überlegte, bevor sie mit krächzender Stimme kurz angebunden antwortete.

„Ich träumte von ihm letzte Nacht. Was braucht er?"
„Deinen Glauben und dein Vertrauen, liebe Schwester. Doch sage mir, was hast du geträumt?"

Neugier trat in ihre Augen. Hinter Martha roch es nach geernteten Früchten und Gras, das für die Ziegen im Stall gedacht war.
Auf die Lippen der Alten huschte verträumtes Lächeln, tiefgründig, als wäre sie ein junges Mädchen, das von ihrem Liebsten erzählte.

„Nichts anderes, als dass er im gottesfürchtigsten Sinne für unser aller Seelenheil betete. Lass uns gehen. Ich will meiner Aufgabe mit Freuden nachkommen."

Ohne ein weiteres Wort zu sagen, drehte sich die alte Nonne um und eilte mit erstaunlich flinken Schritten in Richtung Kammer. Wohin sonst sollte der Mönch sie bestellt haben, wenn nicht zu Schwester Prudence?

Kopfschüttelnd sah Hedwig ihr nach, wie sie im Kloster entschwand. Sanfter Windhauch trug den Geruch nächtlichen Regens mit sich. Klarheit schwang darin mit und zog sich bis in ihr Herz hinein, in dem sich Mitleid mit der leidgeplagten Schwester fand. Bei Heynrich war sie in guten Händen, befand Hedwig, bevor sie zum klösterlichen Kräutergarten aufbrach.

Mit einem Händchen für die Pflanzen gesegnet, oblag es Agnes, sich um die Kräuter zu kümmern. Seit ihr diese Aufgabe übertragen worden war, gediehen die Heilpflanzen in einem ungewohnten Ausmaß. Sie hegte und pflegte die Pflanzen mit erstaunlicher Liebe und Zuneigung.

„Agnes!"
„Ja, Mutter Oberin?"
„Bruder Heynrich wünscht, dich zu sprechen – und zwar auf der Stelle!"

Amüsiert betrachtete die Äbtissin das schlagartig knallrote Gesicht der jungen Nonne. Abrupt blickte diese zu Boden und vermochte nicht mehr länger der Äbtissin in die Augen zu sehen.

„Was geht nur wieder in deinem Kopf vor?"

Bevor Agnes darauf antworten konnte, seufzte die Äbtissin auf.

„Ich will nicht wissen, woran du im Augenblick denkst. Beichte bei nächster Gelegenheit und jetzt geh zur Strafkammer! Du wirst dort erwartet!"

Nach wie vor hielt Agnes ihren Blick gesenkt, vermochte den Anblick des halbnackten Mönches nicht zu vergessen.

„Ich will nur noch ..."
„Nein, du gehst sofort und keine Widerworte!"

Über die Jahre hinweg hatte Hedwig eine Mischung aus Güte und Strenge entwickelt, die vor allem bei Agnes zog. Schlagartig schweigend, nach wie vor den Kopf gesenkt haltend, trat Agnes schweren Herzens den Weg zur Kammer an.

Seit jeher war sie Hedwigs Sorgenkind. Von der eigenen Familie gegen ihren Willen ins Kloster verbannt, würde sie noch viele Jahre brauchen, um zu wahrem, innerem Frieden zu gelangen. Mit gebeugtem Haupt trottete sie in Richtung der Strafkammer, dicht gefolgt von der Äbtissin.

Mit dem Gefühl im Nacken, angetrieben zu werden, ging Agnes ihrer gefühlten Hinrichtung entgegen. Die nächtliche Begegnung mit dem Mönch lag ihr noch schwer im Magen. Seine Nähe herbeisehnend, fürchtete sie dennoch, wie sie auf ihn reagieren würde. Deutlich erinnerte sie sich ihrer eigenen

Reaktion, als sie ihn halbnackt gesehen hatte. Wärme trat zwischen ihre Schenkel, jenes unbezähmbare Gefühl, das sie nie zu beichten wagte, jedoch auch niemals ausführte.

Diese Gratwanderung zwischen Verbotenem und Erlaubtem genießend, hatte Agnes manche langweilige Predigt und viele überdrüssige Stunden überlebt, indem sie sich darauf konzentrierte und die Gedanken schweifen ließ.

Wie oft sie dafür die Statuen und Gemälde der Heiligen herangezogen hatte, vermochte sie nicht mehr zu zählen, dafür umso mehr zu genießen.

ange vor den Nonnen fand sich Heynrich in der Kammer ein und schloss sorgsam hinter sich die Tür. Prudence ignorierend, sah er sich gründlich in der Kammer um. Langsam die Gerätschaften betrachtend, die ihm zur Verfügung standen, erstaunte es ihn, wie gut diese Räumlichkeit ausgestattet war. Viele seiner Amtskollegen der Heiligen Inquisition waren gezwungen mit weitaus geringeren Mitteln zu arbeiten.

Wände wie Decke zierten gut fixierte Haken. Eine nicht unerhebliche Anzahl an Seilen hingen von einer Leiter, säuberlich nach Größe sortiert. Dutzende Kerzen unterschiedlicher Größe zeugten von kostbaren Gaben von Gönnern, oftmals vom kargen Lohn abgespart. Schlaginstrumente verschiedenster Art lagen ausgebreitet auf einem größeren Tisch direkt unter dem Holzkreuz gegenüber der Eingangstür. An einigen von ihnen entdeckte er eingetrocknete Blutspuren, insbesondere traf dies auf die Geißeln zu, die in regem Gebrauch zu stehen schienen.

In einer erkalteten Feuerschale lagen Zangen, deren ursprünglicher Zweck dem Handwerk dienten. Zwei Mundbirnen bildeten den Abschluss.

Demütig kniete sich Heynrich vor dem Holzkreuz nieder, schickte ein stummes Gebet nach oben, bekreuzigte und erhob sich wieder. Erst danach trat er zur knienden Prudence, die nach wie vor flüsternd betete und lediglich vereinzelte, verstohlene Blicke zum Mönch riskierte.

  ... qui pro nobis sanguinem sudavit.
  ... qui pro nobis flagellatus est.
  ... qui pro nobis spinis coronatus est.

... qui pro nobis crucem baiulavit
... qui pro nobis crucifixus est

... qui pro nobis sanguinem sudavit.
... qui pro nobis flagellatus est.

Schweigend betrachtete er die Nonne, deren Frömmigkeit ihn erfreute. Vor ihr stehend schlug er über ihr das Kreuzzeichen und fiel in die Worte mit ein, versank gleichermaßen wie sie darin.

m Gebet versunken verlor Heynrich das Zeitgefühl, hob erst den Kopf, als Hedwig mit den beiden angeforderten Schwestern eintrat. Demütig senkte sie ihr Haupt, trat vor das Kreuz und kniete für einen Moment davor nieder. Sich bekreuzigend erhob sie sich und nickte Heynrich zu.

„Wohlan! Nachdem alle versammelt sind, lasst uns niederknien und beten, auf dass der Herr uns beistehe in dieser schweren Stunde!"

Gemeinsam sanken sie auf die Knie und senkten die Häupter.

„Pater Noster, qui es in caelis, sanctificetur nomen tuum ..."

Klar und deutlich sprach er die Worte des „Pater Noster". Während des Betens hob er seinen Blick und beobachtete die Reaktionen der Schwestern.

Unter seinen kraftvollen Worten verklärte sich Marthas Blick, nahezu, als würde sie einen Engel erblicken. Hoffnung entdeckte er im Antlitz der Äbtissin. Agnes warf vereinzelte, scheue Blicke in seine Richtung, sah jedoch augenblicklich zu Boden, sobald sich ihre Blicke kreuzten. Es war nicht das erste Mal, dass eine Nonne ihn mit diesem Ausdruck in den Augen ansah und es würde nicht das letzte Mal sein.

Nicht jede Schwester war für ein Leben im Kloster bestimmt und geeignet. Vielleicht sollte er später mit ihr und der Äbtissin diesbezüglich ein ernstes Gespräch führen. Ihr Verhalten und ihre Reaktion in der letzten Nacht auf seinen halbnackten Körper erzählten ihm mehr, als Worte dies vermochten. Nach wie vor schienen ihn ihre Blicke zu mustern.

Sein eigenes Antlitz blieb von Gefühlsregungen jedweder Art frei. Emotionen halfen hier nicht im Geringsten weiter.

„Erhebt Euch – alle!"

Langsam die Reihe der Nonnen abgehend, hielt er vor Prudence inne. Um Haltung bemüht, fiel es ihr durch das stundenlange Knien schwer, aufrecht stehen zu bleiben.

„Nun, Tochter, gehe ich recht in der Annahme, dass du dich meiner Worte erinnerst?"

Zitternd nickend wagte sie es nicht, seinen Blick zu erwidern.

„Bedenke, es ist deine letzte Möglichkeit, ohne Zwang zu beichten! Wie lange ist deine letzte Beichte her, mein Kind?"
„Vater, ich beichtete zuletzt vor 8 Tagen."
„Ich verstehe."

Sich von ihr abwendend, trat er zu Agnes und richtete das Wort an diese. Gesunde Röte überzog ihre weiche Gesichtshaut. Nach wie vor vermochte sie seinen Blick nicht standzuhalten, wagte nicht, den seinen zu kreuzen.

Sanft griff er nach ihrem Kinn und hob ihren Kopf. Größer als die meisten Menschen dieser Zeit überragte er sie um etliche Handbreit.

„Sieh mich an, Tochter! Du wolltest mir gestern noch etwas beichten, wichest mir dann aber aus und bezogst dich lediglich auf den 13. Aspekt."

Ihr Atem beschleunigte sich, der Puls stieg an und ihre bebenden Lippen verrieten ihm ihre Gefühle überdeutlich.

„Beichte vor Zeugen, hier und jetzt, was vorgefallen ist!"
„Vater, ich bitte Euch."

Binnen eines Atemzuges erbleichte Agnes. Scham zog erneut über ihre Wangen. Offenkundig für seine erfahrenen Augen wünschte sie sich mehr von seinen Berührungen und schämte sich gleichzeitig für ihre Gefühle ihm gegenüber.

„Wofür schämst du dich, Kind?"

Frauen waren einfach zu lesen und verbargen selten ihre Gefühle und Emotionen. Eine der stärksten Empfindungen fanden sich, seiner Erfahrung nach, in ihren Augen, wenn die Wollust sie packte. In Agnes Augen vermochte er wie in einem offenen Buch zu lesen. Ihre Empfindungen tobten wie ein Sturm in ihrem Inneren.

„Was ist es, das du nicht erzählen willst?"

Erneut beschleunigte sich ihr Atem, als sich ihre Blicke kreuzten. Nach wie vor hielt er sanft aber bestimmt ihr Kinn fest, sodass sie gezwungen war, ihn anzublicken.

„Nun? Ich höre!"
„Vater, ich kann es nicht sagen. Ich bitte Euch, fragt Schwester Prudence. Sie war es doch die ..."

Unausgesprochen ließ Agnes die Worte im Raum stehen, seine Berührung und seine Stimme ließ sie vibrieren und zog sich einem Lustfaden gleich hinab bis zu ihren Schenkeln.

„Tochter, dann lass mich eine Sache klarstellen! Wenn ich dich frage, so hast du mir zu antworten! Ich stehe hier in meiner Funktion als Inquisitor der Heiligen Kirche!! Und nun sprich!!"

Trotz der Schärfe seiner Stimme versank Agnes nahezu in den haselnussbraunen Augen.

„Wenn deine Mitschwester unkeusch an dir handelte und du dies geschehen ließest, so hast auch du zu beichten – nicht nur sie allein!!"

Ihr Kinn loslassend, packte er sie unter dem Kiefer und zog sie ebenso mühelos in die Höhe, wie Prudence am Abend zuvor. Zappelnd in seinem Griff, fühlte sie umso deutlicher die Lust in sich emporsteigen.

„Ich bin es nicht gewohnt, Widerworte zu hören. Erst gehorchst du mir nicht und bist nicht wie befohlen hier vor der Tür. Danach verweigerst du mir in Anwesenheit von Zeugen das Geschehene zu schildern!"

Durchdringend sah er die Zappelnde an, wie diese um ihre Beherrschung kämpfte. Tränen standen in ihren Augen, gleichwohl verharrte die Wollust an ihrer Stelle und brachte Agnes beinahe zum Weinen ob der widerstreitenden Emotionen in sich.

„Tochter, ich erwarte, dass du Zeugnis ablegst. Antworte!"

Statt seiner Aufforderung zu gehorchen, griff Agnes mit beiden Händen nach oben und umklammerte Heynrichs Handgelenk.

„Bitte, Vater, lasst mich runter!"

Langsam trat Panik in ihre Augen. Hängend strampelte sie in seinem festen Griff. Heynrich hatte gesehen, was er sehen wollte und ließ sie wieder zu Boden sinken. Entgeistert wich sie zwei Schritte zurück, nach wie vor die widerstreitenden Gefühle in ihrem Herzen, die um die Vormachtstellung kämpften.

Das Bild seines halb entblößten Körpers vor Augen trieb ihre Wollust weiterhin vor sich her, trotz der Erinnerung an seinen Griff unter ihrem Kiefer. Schmerz hatte ihr die Tränen in die Augen getrieben. Peinlich berührt, schloss sie diese und versuchte, das Geschehen des Vorabends in ihr Gedächtnis zurückzurufen.

„Ich ... verzeiht ..."

Zögerlich und kaum wahrnehmbar erfüllte ein bittender Unterton ihre Worte.

„Ich bitte um Verzeihung für meinen Verstoß gegen den 13. Aspekt. Vater, ich gestand es Euch nicht, weil ich Angst davor hatte, dass Ihr die Strafe ausführen könntet. Ihr wirkt ..."

Stockend hielt sie erneut inne und versuchte, sich zu sammeln. Heynrich vermochte sich gut vorzustellen, was soeben in ihrem Kopf vor sich ging.

„ ... kräftiger und könnt gewiss stärker schlagen, als die Mutter Oberin."

Zitternd stand Agnes vor ihm und kämpfte mit den Tränen. Zwiespalt gärte in ihr zwischen Begehren und Angst, bis sie sich wieder beruhigte.

„Da ist noch etwas Kind, etwas, das du nicht sagen willst. Es ist nicht die Angst vor den Schlägen alleine!"
„Vater?"
„Was du jetzt verschweigst, das kommt später ohnehin ans Licht! Nun gut, erzähle!"
„Vater, sie berührte mich da unten", deutete auf ihren Schoss. „Sie tat Dinge mit mir, die ich lieber vergessen würde. Bitte, vergebt mir!"

Demütig fiel sie vor ihm auf die Knie und senkte ihr Haupt.

Wortlos drehte sich Heynrich um und wandte sich dem Tisch mit den Geißeln zu. Auf eine davon fiel sein besonderes Augenmerk, ein kräftiges Modell mit Schnüren, die nicht dem Verletzen, sondern lediglich dem Schmerz dienen sollte. Eingetrocknete Blutspuren fanden sich an den zarten Knoten in den Schnüren, und der Griff lag gut in der Hand.

Nachdenklich betrachtete er sie von allen Seiten und winkte Agnes zu sich.

„Komm zu mir!.Sieh mich an Tochter!"

Widerstrebend hob sie ihre Augen und sah ihn angsterfüllt an, als er ihr die Geißel entgegenhielt.

„12 Hiebe und du wirst sie selbst ausführen! Sollte ich jedoch zaudern oder falsche Schonung in deiner Buße erkennen, so will ich die Strafe selbst wiederholen."

Entgeistert glaubte sie, sich verhört zu haben.

„Vater?"

„Du wirst gehorchen! Tust du dies nicht, dann sei dir gewiss, dass ich selbst die Strafe wiederholen werde! Beginne!"

Zögerlich nahm Agnes die Geißel entgegen und warf Heynrich einen letzten Blick zu, bevor sie ihre Haube ablegte. Darunter trug sie nicht mehr als kurz geschnittenes, kastanienfarbenes Haar. Mit geschlossenen Augen schlüpfte sie aus ihrer Tunica und den Ärmeln ihres rau gewobenen Unterkleides, bevor sie es bis zur Hüfte hinab zog.

Heynrich trat ein Stück hinter sie und runzelte die Stirn, als er Agnes Rücken betrachtete. Vereinzelte, tiefe Spuren zeugten von früheren, nicht ausreichend verheilten Schlägen. Hier schienen die Geißeln wahrlich in regem Gebrauch zu sein.

Stille herrschte im Raum vor, sodass die junge Nonne nur ihren eigenen Atem bewusst wahrnahm. Tief einatmend bereitete sie sich innerlich auf die Buße vor. Nahezu zärtlich hielt sie die Geißel an ihre Wange, sprach im Stillen ein Gebet und drückte den Hauch eines Kusses auf das Schlaginstrument.

Aus den Augenwinkeln heraus beobachtete Heynrich die Reaktionen der anderen Nonnen. Die Reaktion anderer auf bußfertige Züchtigungen sagten mehr aus als Worte und zeugten von Schuld wie Gottesfürchtigkeit der Betreffenden.

Den Griff der Geißel fest umklammernd, schwang Agnes die Riemen schwungvoll über die Schulter auf den Rücken. Bei jedem einzelnen Schlag nickte Martha wohlwollend, wo Agnes jedes Mal vor Schmerz zusammenzuckte. In diesen Schlägen steckte deutlich sichtbare Erfahrung. Wo Prudence nicht wagte hinzusehen, sondern es vorzog Gebete zu sprechen, erschien die Äbtissin weitaus ruhiger seit ihrer letzten Unterhaltung.

Nach dem 12. Schlag hielt Agnes inne. Obwohl sie mit aller Kraft geschlagen hatte, zeichneten sich kaum mehr denn ein paar rote Striemen auf ihrem Rücken ab.

„Im Namen des Herrn spreche ich dich von deiner Schuld frei! In nomine Patris et Filii et Spiritus Sancti."

Während er sprach, stellte er sich erneut vor die Nonne und schlug das Kreuzzeichen über sie.

„Vater?"

Fragend und mit Reue in der Stimme hob sie die Hände und hielt die Geißel nach oben. Kaum hatte er ihr diese abgenommen, atmete sie hörbar auf. Peinlich berührt vor ihm stehend, fühlte sie nach wie vor deutlich die Wollust in ihrem Leib, zog es jedoch vor, darüber Stillschweigen zu bewahren.

„Bedecke dich, Tochter!"
„Vater, gestattet Ihr mir, mich zurückzuziehen?"
„Du bleibst als Zeugin hier! Halte dich im Hintergrund und warte!"

Sich von ihr abwendend, trat er erneut an den Tisch heran und legte die Geißel auf ihren ursprünglichen Platz zurück. Es war Zeit, sich mit Prudence näher zu befassen. Diese hatte die meiste Zeit still gebetet und das Haupt gesenkt. Allein das Klatschen der Geißel reichte ihr aus, um bei jedem einzelnen Hieb zusammenzuzucken.

Tief steckte Angst in ihr, Furcht vor jenen Heimsuchungen, die sie peinigten. Geliebt, gewünscht und gefürchtet gleichermaßen, begriff Prudence bis zu diesem Moment nicht im Geringsten, wes Geistes Kind diese Erlebnisse waren.

Heynrichs Art im Umgang mit Agnes versetzte ihrem Innersten einen schmerzhaften Stich.

„Tochter, willst du uns die Wahrheit berichten oder weiter schweigen, bis die Folter deine Zunge löst oder dich gar zum Herrn befiehlt, auf dass du ihm Rede und Antwort stehst?"

Nach wie vor die Hände gefaltet, sah sie zu ihm auf. Die brennenden Kerzen hinter ihm ummantelten Heynrich wie einen Heiligenschein. Prudence schluckte.

„Wähle weise, es liegt allein an dir mein Kind! Du kannst durch Offenheit helfen, den Segen des Herrn über dieses Kloster wiederzuerlangen."

Wie sie in ihrem Inneren zu kämpfen schien, berührte Heynrich. Doch jetzt war nicht der passende Moment für Sentimentalitäten.

„Vater ..."

Trotz der Ängste, die sie zu überschwemmen drohten, bemühte sich Prudence den Blickkontakt zu Heynrich aufrecht zu erhalten. Ihre Stimme trug deutlich hörbares Zittern.

„... ich weiß nicht, was ich Euch berichten soll. Was genau geschah, weiß ich nicht. Was Schwester Agnes Euch mitzuteilen suchte ... es ist mir nicht bekannt. Ich kniete und betete gemäß Euren Vorgaben. Ich kniete die ganze Zeit über, bis Schwester Agnes aus einem mir unersichtlichen Grund aufsprang und schreiend davonlief."

„Nein, Vater, so war dies ganz und gar nicht!", vermeldete sich Agnes entrüstet.

„Tochter, du hattest deine Gelegenheit zur Beichte! Nun schweige – oder möchtest du doch noch beichten?"

Obwohl er sie mit sanftmütigem Ausdruck ansah, schwang ein bedrohlicher Unterton in seiner Stimme mit, der ihr anriet, ihn nicht herauszufordern.

„Nein, Vater, es tut mir leid!"
„Gut. Sollte dir noch etwas einfallen, dann sprich – jederzeit! Ich werde mich dann gerne erneut mit dir befassen."

Ohne sie eines weiteren Blickes zu würdigen, wandte er seine Aufmerksamkeit von Agnes ab. Diese hockte kreidebleich am Boden der Kammer und starrte ihn mit weit aufgerissenen Augen an. Gewiss war die Wahl seiner Strafe milde ausgefallen im Gegensatz zu jener der Äbtissin, auf weitere Hiebe mit der Geißel legte sie jedoch keinen Wert, insbesondere, wenn sie sich an die kräftigen Oberarme des Mönches erinnerte.

Wo sich Agnes Gefühle widerstreitende Kämpfe lieferten, schimmerte in Prudences blaugrauen Augen Hoffnung und Vertrauen, die ihm ihr Innerstes zu offenbaren bereit waren.

„Ich verstehe."

Somit trat Heynrich beiseite und ein paar Schritte zurück, bevor er sowohl Agnes, als auch Prudence für einige Augenblicke betrachtete, bevor er seinen Entschluss verkündete.

„So liegt es nun an uns, herauszufinden, ob diese Berührungen in deinem Geiste oder im Diesseits geschahen. Dazu ist es ad primam notwendig, herauszufinden, ob eine von euch beiden mit dem Teufel im Bunde ist!"

Er blickte an den beiden vorbei direkt zu Schwester Martha.

„Euch obliegt die Aufgabe, die beiden dafür vorzubereiten! Entkleidet beide und entfernt jedes Haar an ihrem Körper zwischen Kinn und Zehen! Danach bringt mir eine Nadel!"

Trat an den Nonnen vorbei und hielt sich Richtung Tür, vor der er sich erneut umdrehte.

„Mutter Oberin, auf ein Wort vor die Tür!"

Ohne zurückzusehen, verließ Heynrich die Strafkammer, darauf vertrauend, dass seinen Vorgaben Folge geleistet würde. Mutter Hedwig folgte ihm stillschweigend und schloss leise hinter sich die Pforte zur Kammer, wo Heynrich auf sie wartete. Die Hände verschränkt haltend, stand er still wie eine Statue vor ihr. Zu ihm aufblickend, kam sie sich nahezu unbedeutend und klein vor. Großgewachsen, überragte er auch sie um nahezu einen halben Kopf.

„Bruder Heynrich, was wünscht Ihr zu besprechen?"
„Mutter Oberin, Hedwig, ich vermag mich des Eindrucks nicht zu verwehren, dass Ihr mir nach wie vor etwas verschweigt und mir nicht vollends zu vertrauen scheint. Etwas verbergt Ihr nach wie vor. Bedenkt, Ihr habt Ehrlichkeit und Aufrichtigkeit zugesichert und doch war da etwas in Euren Augen ..."

Sein Blick jagte Ihr Schauer der Angst ein.

„Im Namen Gottes, unseres Herrn, was war es, woran Ihr bei der Bestrafung dachtet? Ich will Euch die Gelegenheit geben, Euch hier vor mir von jeglichem Verdacht reinzuwaschen. Es wäre eine Schande, wenn ich Euch, als die Hüterin dieses Ortes, gleichermaßen befragen müsste, wie diese beiden jungen Schwestern. Ihr seid letztlich verantwortlich für alles, was hier geschieht. Bedenkt, die Sünden Eurer Untergebenen sind nicht zuletzt auch die Euren!"

Unausgesprochen lag eine verhüllte Drohung in seinen Augen, deren Bedeutung ihr nicht entging. Martha würde Zeit benötigen für Ihre Aufgabe, sodass Hedwig ausreichend Gelegenheit bekam zu bekennen.

„Betrachtet es, wenn Ihr dies wünscht, als Beichte."

Mehrmals zu einer Antwort ansetzend, fiel es ihr schwer, die Worte zu finden, auf die der Mönch wartete.

„Bruder Heynrich ... "
„Mutter Oberin, Ihr braucht keine Angst zu haben. Was Ihr mir anvertraut, benötige ich jedoch zur Klarheit. Fasst Euch ein Herz und sprecht, auch, wenn es Euch schwer fallen mag!"

Kaum wahrnehmbar mit der rechten Hand über ihre linke Wange streichend, griff Heynrich zu einer beruhigenden Methode. Eine leichte Berührung an einer harmlosen Körperstelle löste häufig Blockaden, indem es die Betroffenen zur Besinnung brachte. Offensichtlich trug Hedwig ein Geheimnis, das es zu ergründen galt, bevor er die Befragung der beiden Nonnen fortführte.

„Erinnert Ihr Euch, was im Seidentuch in der Schatulle eingewickelt lag? Was Ihr glaubt gesehen zu haben, hängt damit zusammen."

Nervös knetete die Äbtissin ihre Hände.

„Ich fand vor vielen Jahren blutjung den Weg in die Arme des Herrn, als ich in dieses Kloster eintrat. Ich wusste frühzeitig von meiner Berufung und war stolz darauf, diesen Weg gehen zu dürfen. An manchen Tagen geschahen seltsame Dinge, nicht offensichtlich, aber doch existent. Mich verwirrten diese Dinge, diese Begebenheiten und so sprach ich darüber mit einer älteren Schwester, der ich bedingungslos vertraute, Gott hab sie selig. Es waren die Einflüsterungen des Teufels, der mich in meiner jugendlichen Naivität zu belehren vermochte und in Versuchung führte. Das Gespräch war lang und innig und schließlich nahm ich ihren Rat und jene Geißel an, die sie über lange Zeit hinweg gehütet hatte. Manchmal blieben diese Versuchungen über Wochen weg, dann jedoch kamen Nächte, in denen sie umso stärker meinen Glauben versuchten. Genauso war es zuvor. Ich vernahm eine Stimme, die mich fragte, ob es etwas gäbe, das ich wissen wolle. Nie zuvor hatte ich sie dermaßen deutlich wahrgenommen, wie damals, in dieser einen Regennacht. Ich vermag mich an den Geruch bis jetzt zu erinnern. Es hatte über Wochen keinen einzigen Tropfen gegeben und dann kam eine wahre Sintflut. So roch es nach Wald und Regen, einen Geruch um den wir alle bereits gebetet hatten."

Nachdenklich blickte sie an Heynrich vorbei, bevor sie erneut fortfuhr.

„In diesem Moment verneinte ich. Spürte jedoch, dass mich etwas zur Geißel zog. Sodass ich mich entblößte und zu züchtigen begann. Mit jedem einzelnen Schlag wurde die Stimme leiser und leiser. Meinem Herzen ging es binnen kurzer Zeit besser. So wurde die Geißel mir wichtig, immer, wenn diese Stimmer erklang, brachte ich sie damit zum Schweigen. In den folgenden Jahren benötigte ich sie dafür immer weniger und die letzten Jahre schwieg diese Stimme, bis ich sie vergessen hatte. Eure Aufforderung an Agnes brachte mir lediglich diese Erinnerung zurück."

Ähnliche Geschichten hatte Heynrich bereits gehört und häufig lag es nicht am Schmerz der Geißel, der die Stimme schlussendlich zum Schweigen brachte. Vielmehr stillte sie Gelüste und Begierden bei manchen Klosterbrüdern. Interessiert wirkte eine Spur Neugier in seinem Blick mit und ließ dies die Äbtissin auch entsprechend spüren.

„Ihr sprecht von Empfindungen, die Ihr fühltet und die mitunter über lange Zeit hinweg entschwanden und doch erneut zurückkehrten. Den Weg mit der Geißel wählen viele, jedoch nicht alle sind erfolgreich damit und so manch einer verliert sich darin. Erzählt mir mehr davon!"

„Ihr versteht gewiss, dass es mir nicht gerade leicht fällt, darüber zu sprechen. Diese Dinge erzählte ich selbst meinem Beichtvater nicht, sondern sprach lediglich in meinen Gebeten darüber. Ich war ein junges Ding. Es gab Tage, an denen ich an mir wie an meiner Berufung zweifelte. Hätte ich den Zweifeln nachgegeben, hätten sie mich direkt in die Arme des Teufels gebracht. Das Geschenk dieser Geißel holte mein Leben in meine Adern zurück. Ich nutzte sie an manchen Tagen, um trübselige Gedanken zu verscheuchen. Mitunter erfuhr ich die Gnade eines Engels, der mir zusprach und meinen Wunsch nach Wissen erhörte. Bis heute trug ich diese Gedanken verschlossen in meinem Herzen. Wenn Ihr dies als Beichte betrachten wollt ..."

„Welcher Art Wissen war es, das Euch der Engel gab? Verzeiht, aber ich muss alles wissen, was hierfür vielleicht von Belang ist. Nur klare Worte und die Wahrheit mag uns vom Bösen erlösen, das diese Mauern heimsucht."

„Euch ist gewiss bekannt, welcher Aufgabe Schmerz dienlich sein kann. Zum einen, vermag er der Wahrheitsfindung helfen, zum anderen die Seele zu läutern und einen auf den Pfad der Tugend und Gottesfürchtigkeit zurückführen. Die Antwort auf Eure Frage begründet sich im Aspekt des Schmerzes, so wie er hier in diesem Kloster zur Läuterung und zur Hilfestellung herangezogen wird. Jener Engel besuchte mich über viele Jahre hinweg und lehrte mich den Schmerz als Gnade Gottes zu akzeptieren. Versteht mich nicht falsch, Vater, ich suche ihn keineswegs. Jedoch sind es Erfahrungen, die der Engel mich lehrte und deren Richtigkeit ich bis jetzt spüre. Gedenkt der Märtyrer, ihrem Leben und Leiden für das höhere Wohl."

Mit gefalteten Händen stand Hedwig schweigend vor dem Mönch. Ihr Herz empfand Scham und gleichermaßen Befreiung ob dieser Beichte und begriff, dass sie sich allzu lange niemandem mehr derart offen anvertraut hatte.

Schweigend legte er seine rechte Hand auf ihre Schulter.

„Mutter Oberin, ich sehe sehr wohl, dass es Euch schwerfiel, davon zu berichten. Gleichwohl sind Offenbarungen wie diese notwendig, um das Kloster endgültig zu reinigen. So Ihr die Grenzen kennt und der Engel Euch gut leitet, werdet Ihr kaum der Versuchung erliegen, den Schmerz über Euren Glauben zu stellen."

Erleichterung trat in ihr Gesicht, dass er sie nicht verurteilte.

„Der Weg der Schmerzen, dem Ihr einst folgtet, vermag durchaus die Sünden zu läutern. Nach wie vor nutzt Ihr ihn, zieht daraus Eure Kraft und die nötige Stärke, um Euren Aufgaben nachzukommen. Darum will ich von einer Sühne absehen. Ich sehe, dass Ihr bereit seit, für die Sünden all das Leid auf Euch zu nehmen, doch hütet Euch. Viele fanden etwas anderes in diesem Weg und nutzten ihn binnen kürzester Zeit für unkeusche Handlungen. Bei Euch sehe ich diese Anzeichen nicht. Doch achtet darauf, um nicht durch eine läuternde Handlung dem Teufel anheim zu fallen."

„Glaubt Ihr, ich wüßte nicht davon?"

Aufseufzend nahm sie auf der Bank neben der Kammer Platz und betrachtete den Boden unter ihr, als hätte sie ihn nie zuvor gesehen.

„Ihr seid eine belesene Frau und führt gepflegte Unterhaltungen mit unterschiedlichsten Geistlichen. Und doch wisst Ihr so wenig von den wahren Dingen..."

„Vater, ich bin mir dessen bewusst. Mir sind die Gefahren der Züchtigungen durchaus bekannt, aus eigener Erfahrung, wie aus Schilderungen. Allzu leicht vermag ein unsicheres Gemüt mehr darin zu erblicken, als die Möglichkeit der wahren Läuterung. Ich kenne das Gefühl des Friedens, der sich nach einer Geißelung einstellt. Es ist der Frieden einer geläuterten Seele, nicht jener der Wollust. Mir ist aber auch bekannt, wie ähnlich sich beide sein können. Dies unterscheiden zu lernen und zu wissen, wo die Grenze zu ziehen ist, dies ist die wahre Kunst der seelischen Heilung, ähnlich einer Beichte ..."

„Nur wenige wissen wahrlich um die Unterscheidung der Dinge. Eure Schwestern haben wahrlich Glück mit Euch! Lasst uns gemeinsam beten, bevor wir erneut zur Befragung zurückkehren!"

Erleichtert atmete Hedwig auf, froh darüber, das Gespräch in eine andere Richtung entwickelnd, schloss sie die Augen und faltete die Hände, versank gemeinsam mit Heynrich im Gebet.

Er Geruch nach verbranntem Haar stieg Heynrich beim Betreten der Kammer in die Nase.

Agnes wie Prudence standen mit gesenktem Haupt nebeneinander mitten im Raum. Gemächlich trat er an die beiden zitternden Frauen heran, bedeutete Hedwig, sie möge sich im Hintergrund halten. Eingehend betrachtete er die Spuren der Züchtigungen auf dem Rücken der beiden und murmelte Unverständliches in sich hinein. Züchtigungen schienen hier über die Maßen an der Tagesordnung zu sein, wenn er die Heilungsquote der Spuren in Betracht zog.

Schläge auf das Gesäß schienen in diesem Kloster die Ausnahme darzustellen. Er hatte die Diskussionen unter seinen Brüdern leid, die sich darüber stritten, ob die untere oder die obere Region in der Züchtigung zu bevorzugen sei. Eine klare, einheitliche Regelung war hier zu bevorzugen. Natürlich vermochten unter Umständen Schläge auf die Kehrseite wollüstige Regungen hervorzurufen. Dennoch erschienen sie mitunter besser, aufgrund der Heilung des Fleisches. Fraglich war lediglich, zu welchem Zweck die jeweilige Züchtigung zu geschehen habe.

Schweigend stand Schwester Martha beim Tisch mit den Schlaginstrumenten. Heynrich vermeinte, kurz ein süffisantes Lächeln auf ihrem Gesicht wahrzunehmen.

Mit einer absoluten Selbstverständlichkeit hielt sie einen Stock in der rechten Hand, den sie leicht in einem unhörbaren Takt in ihre linke Hand schlug. Bis auf das kaum wahrnehmbare Klatschen des Stockes in ihre Handfläche herrschte Stille im Raum vor.

„Vater, es ist mir eine Ehre, Euch in Eurer Aufgabe zu unterstützen. Sie sind beide wunschgemäß vorbereitet und hier ist die Nadel, nach der Ihr verlangtet!"

Ohne den Stock aus der Hand zu legen, griff Martha nach einem Stück Metall auf dem Tisch und hielt dieses Heynrich hin. Selig lächelnd drückte sie ihr Kreuz durch und wartete darauf, bis er ihr die Nadel abnahm.

Heynrich drehte die Nadel in seiner Hand. Seine letzte Befragung dieser Art war geraume Zeit her. Häufig reichten Beschuldigungen wie Gespräche aus, um die wahre Ursache einer Problematik zu erkennen. Sanftmut war in diesem Zusammenhang fehl am Platze.

„Stellt euch gerade hin! Beine schulterbreit gespreizt und die Arme waagrecht zu den Seiten hin ausgestreckt. Der erste Test ist der des Teufelsmales. Laut dem Malleus Maleficarum markiert der Teufel seine Gefolgsleute mit einem bestimmten Mal, welches nicht blutet, wenn man eine Nadel hineinsticht."

Prudence lief knallrot an. Agnes warf ihm einen entsetzten Blick zu und erbleichte.

„Ich werde nun die Male an euren Körpern persönlich überprüfen!"

Vor Agnes tretend, musterte er sie von oben bis unten. Vom Hals abwärts, stach er systematisch die Nadel in jedes einzelne Muttermal, Warze und jene Narben, die mehr als eine solche sein könnten – jedoch niemals tiefer als die Breite eines Federkieles. Dabei achtete er sorgsam darauf, sie, soweit als möglich, mit nichts anderem, als der Nadel zu berühren. Als er auf Höhe ihres Schoßes gelangte, entdeckte er ein Mal auf ihrer linken Schamlippe. Diese mit der Linken ergreifend, bohrte er die Nadel in das zarte Fleisch.

Tapfer hatte sie bis zu diesem Moment durchgehalten und sich kaum bewegt. In jenem Moment, in dem er ihre Haut berührte, fuhr ein Blitz der Erregung durch ihren Leib. Obwohl sie aufschreien wollte, verbiss sie sich den Schmerz und verschob ihr Becken kaum wahrnehmbar in seine Richtung. Eine eigene Lust/Schmerzmischung trat in ihre Gedanken und sorgte für Feuchtigkeit in ihrem Unterleib. Obwohl er ihr im Augenblick mehr Respekt einflößte, als sie es sich erst zugestand, verlor Agnes für einen Moment beinahe ihre Selbstbeherrschung.

Die Erinnerung an seinen Körper vor dem Kamin fesselte sie nach wie vor und ließ in ihr Begehren entstehen. Innerlich sehnte sie sich nach seiner Berührung, wünschte sich, er würde ihr über den Rücken streichen, sanft und immer fordernder, bis sie sich ihm freudig und willig hingeben würde.

Der Stich in die Schamlippe zog sich an den Nervenbahnen nach oben, bis zu ihrer Klitoris und wandelte von kühlem Metall zu heißer Lust, die sie mit fröstelndem Schauer versorgte. Ungerührt ihre Reaktion betrachtend, zog Heynrich die Nadel heraus und sah, wie ein einzelner Blutstropfen zu Boden fiel. Die Nadel wischte er an jenem Leintuch trocken, in dem sie zuvor gesteckt hatte.

Wohl hatte Heynrich den Hauch ihrer Lust wahrgenommen, dieses Wissen jedoch für den Moment zurückgesteckt.

Seine Aufmerksamkeit auf Prudence richtend, schüttelte er den Kopf.

„Tochter, du hast meine Vorgaben zuvor gehört. Gehorche! Strecke die Arme aus! Schwester Agnes ist frei vom Makel des Bösen. Nun ist es an dir deine Male untersuchen zu lassen!"

Wo Agnes ihn zuvor beinahe schon herausfordernd angesehen hatte, vermochte Prudence ihren Blick kaum vom Boden zu heben. Nie zuvor hatte sie sich vor einem Mann entkleidet. Dass Heynrich ein Mönch war, spielte für sie keine Rolle. Schamhaft und prüde erzogen, achtete sie sonst stets darauf, ihre Blöße zu bedecken. So stand sie zwar aufrecht, hielt jedoch gegen Heynrichs Vorgaben ihre Hände vor jene Stellen der Weiblichkeit, die sie am liebsten selbst vor dem himmlischen Schöpfer verbergen würde.

Nach wie vor wagte sie es nicht, aufzusehen, kam jedoch seinen Vorgaben nach, hob die Arme wie gewünscht und spreizte die Beine. Ihr scheues Verhalten hatte Heynrich des Öfteren bei Beklagten und Angeklagten erlebt.

Nicht immer war dieses Verhalten ein Beweis von Unschuld. Oft genug verbarg sich dahinter Zaudern oder gar die innigste Ergebenheit an den Teufel. Hier galt es die wahre Unschuld ans Tageslicht zu holen.

Aus den Augenwinkeln bekam er mit, wie Agnes eilends ihre Kleidung zusammenraffte, sich diese überwarf und hinter der Äbtissin überstreifte. Ihre vielsagenden Blicke sprachen beinahe von einer Einladung in ihr Schlafgemach, beinahe, als hätte er mit seiner Nadelprobe etwas in ihr hervorgelockt. Auffordernd und anklagend gleichermaßen hielt sich Agnes lieber im Hintergrund. Auf eine weitere Untersuchung legte sie keinen sonderlichen Wert.

In ihrer Gottesfurcht stand Prudence still und hielt die Augen geschlossen. Leise flüsterte sie den Rosenkranz, während die Nadel in unterschiedlichste Stellen ihres Körpers stach. Bei jedem Stich zuckte sie leicht zusammen und versank inniger in das Gebet.

Wie zuvor Agnes prüfte Heynrich Prudence auf das Genaueste und stach nicht tiefer als bei der anderen Nonne. Einige Male stach er in Arme und Rücken. Wo dies bei Agnes nicht nötig war, so waren die Brüste von Prudence schwerer, sodass er diese mit seiner Linken zu heben genötigt war. Weder Warzen noch Muttermale fanden sich darunter.

Heynrich bemerkte das leichte Erschauern, das bei dieser einfachen Berührung durch Prudences Körper lief. Er blickte genauer hin und entdeckte ein kleines Muttermal eine Handbreit unter der rechten Brustwarze. Ganz in seiner Aufgabe als Inquisitor vertieft, packte er fest ihre Brust und bemerkte durchaus, wie der feste Griff die Nonne beinahe vor Schmerz aufschreien ließ. Ihr Winden ignorierend stach er mit der Nadel in dieses Mal. Ein spitzer Schrei entfuhr ihrer Kehle.

Wie Agnes blutete auch Prudence, sobald er die Nadel einsetzte.

So prüfte er weiter, den Bauch hinunter bis er an ihrer Scham anlangte. Hart packte er ihre Schamlippen, zog sie in alle Richtungen und begutachtete sie innen wie außen. Doch hier wurde er nicht fündig. Die wenigen Male an den Beinen bluteten ebenfalls, sobald er die Nadel in diese hineinstach.

Bibbernd vor Scham wagte sie es nach wie vor nicht, aufzusehen, geschweige denn etwas zu sagen. Heynrich erschien es wie die klassische Reaktion einer jungen Frau, die noch nie zuvor von einem Mann berührt worden war.

Als sie es nicht mehr ertrug, flüsterte sie kaum wahrnehmbar: „Ich bitte Euch, hört auf!"

Er ergriff ihren Nacken, hob das Haar und sah hinter die Ohren.

„Wenn ich fertig bin mit der Überprüfung, dann ...."
Die Strenge in seiner Stimme sorgte für sofortiges Schweigen.

Nach wie vor die Augen geschlossen, blieb sie stehen, gleichwohl die Arme immer schwerer wurden. Bei der Berührung am Kopf endete das Bibbern. Beinahe schien es ihm, als drückte sie kaum wahrnehmbar ihren Kopf gegen seine Hand, als er ihr die Haare beiseite strich. Seufzen erklang, als er ihren Nacken inspizierte.

Gleichwohl stand Prudence im Raum, nach wie vor peinlich berührt und wünschte sich, die ganze Angelegenheit möge enden – spürte dabei nicht, wie ihr eigener Körper diesem Wunsch Lügen strafte, und sich seiner Berührung entgegendrückte.

Nach wie vor hielt er sie am Nacken und merkte deutlich, wie sich etwas in ihr regte. Wie diese einfache Berührung ein Beben in ihr auszulösen schien. Hätte er sie etwas gefragt und eine Antwort von ihr erwartet, war es fraglich, ob sie ihm Rede und Antwort hätte stehen können. Ihre Lippen zitterten, während ein Schauer durch ihren Körper strich.

Hinter sie tretend sprach er zu ihr:
„Auch an dir finde ich kein Teufelsmal, Tochter. Somit dienst du ihm nicht willentlich. Dennoch erwarte ich von dir, dass du mir Genaueres sagst. Dass du dich an gar nichts erinnerst, das glaube ich dir nicht."

Nach wie vor hinter ihr stehend, drückte er sie vor sich auf die Knie und ließ sie dann los. In diesem Moment endete der Schauer in ihrem Leib. Erleichterung machte sich in ihr breit, als sie endlich die Arme wieder senken durfte und diese im Schoß zum Gebet faltete.

Hinter sich vernahm Prudence das Rascheln seines Habit, bevor sie Feuchtigkeit spürte, die sich über ihr Haupt ergoss. Aus einer kleinen Tasche unter der Kutte hatte er eine kleine Flasche geholt, deren Inhalt er über sie rinnen ließ.

„Geweihtes Wasser aus dem Petersdom löst vielleicht deinen Geist. Unser geheiligter Vater Urban VIII nahm sich die Zeit für die Weihe. Ich erwarte von dir, löse das Dunkle aus dir und BEICHTE!"

Momente verstrichen, in denen sie sich bemühte wieder zu Sinnen zu kommen. Nach wie vor hallte seine Berührung in ihr nach. Erst als das lauwarme Wasser ihr Haupt benetzte und es langsam den Nacken hinab rieselte, realisierte sie, dass er sie längst losgelassen hatte.

„Vater ...", zitternd erklang ihre kaum wahrnehmbare Stimme, „... die ganze Nacht war dem Gebet gewidmet. Nichts anderes tat ich, so, wie Ihr dies von mir wünschtet!"

Schluchzend brachte sie diese Worte über ihre Lippen. Er trat vor sie, kniete sich zu ihr hinab und blickte die Nonne an.

„Tochter, hebe dein Haupt!"

Sanftmut übernahm den Platz der Strenge und brachte sie dazu, vertrauensvoll den Kopf zu heben und die Augen zu öffnen. Eine Träne schimmerte in ihrem rechten Auge und war soeben dabei dieses zu verlassen. Mit seinem rechten Zeigefinger wischte er die Träne weg, hob sie vor sein Auge und betrachtete diese.

„Hexen weinen nicht!"
Dieser Satz hatte sich Heynrich in seiner Lehrzeit eingeprägt, als ihm sein Lehrer Thaddäus dieses Handwerk nahebrachte.

„Und die anderen Vorkommnisse? Was ist mit deinen Heimsuchungen? Du musst etwas wissen, etwas verschweigen. BEICHTE!"

Wie blank geschrubbt fühlte sich ihr Kopf an, bar jeglicher Erinnerung. Scham, die Kälte unter der sie litt und Furcht vor weiterer Demütigung lösten ihre Konzentration, die sie mit dem Gebet mühsam aufrecht gehalten hatte.

„Vater ..."

Auf den Fersen sitzend, vergrub sie ihr Gesicht in den Händen. Erneute Strenge berührte sie im Innersten, ängstigte sie, erschuf zugleich eine Sicherheit, die sie nicht begriff, aber der sie sich gerne hingab. Sicher wie selten zuvor, sah sie an Heynrich vorbei zum Kreuz.

„Vater, ich erinnere mich keiner der Vorkommnisse, die mir nachgesagt werden. Ich weiß nur, dass es sie geben soll."

Schweigend erhob sich Heynrich, überlegte und erinnerte sich verschiedener Unterhaltungen mit Thaddäus, wog die Umstände ab und betrachtete Prudence. Mitgefühl schwang in seinem Herzen für die Seele zu seinen Füßen.

Bisweilen reichte die Strenge seiner Stimme aus, um jene Antworten zu erlangen, nach denen er gezielt suchte. Diese Fälle waren die einfachsten oder die kompliziertesten. Folter war nicht immer das Mittel zum Zweck, hier jedoch erschienen härtere Maßnahmen notwendig und so wandte er sich an Martha und Agnes.

„Bindet sie an die Leiter, mit dem Rücken zu mir!"

Wissend, dass Prudence ihm keine Antwort geben würde, beugte er sich erneut zu ihr hinab und sprach ihr ins Ohr.

„Tochter, ich kann dir nicht glauben. Du musst etwas wissen. Ein letztes Mal – BEICHTE!!"

Seine Stimme jagte ihr eisige Schauer über den Rücken. Je leiser er sprach, umso schärfer erklangen seine Worte.

„Vater, ich bitte Euch. Wie kann ich von Etwas berichten, an das ich mich nicht zu erinnern vermag?"

Furcht obsiegte. Schluchzend ließ Prudence es geschehen, dass die Nonnen sie unter den Achseln packten, hochzogen und zur Leiter zerrten. Ein rascher Griff Marthas zog die Seile von der Leiter und drückte Prudence an das Holz.

Ohne einzugreifen, hielt sich die Äbtissin im Hintergrund. Sorge stand in ihrem Gesicht geschrieben, während Martha und Agnes ihre Mitschwester an den Gelenken und Knöcheln fixierten. Mehrmals jaulte Prudence auf, als Martha die Seile festzog.

Kaum saß der letzte Knoten, zog sich Agnes augenblicklich an ihren ursprünglichen Platz zurück. Sie wollte den Mönch zwar beobachten, aber nicht im Mittelpunkt dieser Art von Interesse stehen.

Heynrich trat an die Leiter heran und begutachtete das Werk. Die Knoten saßen fest genug, um die Blutzufuhr sicherzustellen, sie jedoch gleichzeitig am Entkommen zu hindern. Zart und hell schimmerte ihre nackte Haut im Schein der Kerzenflammen und ließ diese schattengleich tanzen. In seinem Herzen regte sich Bedauern, diesen Körper züchtigen zu lassen und doch ließ sie ihm keine andere Wahl. Sein geeichter Blick wählte die passenden Schlagwerkzeug aus und drückte sie Schwester Martha in die Hand.

„24 Hiebe! 12 als Buße und 12 alleine dafür, um dein Gedächtnis aufzufrischen! Davon 12 auf den Rücken und 12 aufs Gesäß!"

Allein bei dieser Ankündigung bemerkte Heynrich, wie sich Prudence geistig darauf einstellte, in der Hoffnung, der Schmerz möge rasch vorbeiziehen.

„Beginnt!"

Martha strickte ihren Ärmel auf und drehte den Rohrstock, dessen Behandlung sie erst vor wenigen Tagen übernommen hatte, in der Hand. Frisch und gut gewässert, erzielte sie mit ihm üblicherweise mehr und bessere Ergebnisse, als mit anderen Gerätschaften.

Zielgenau trafen die Schläge die weiche Haut der Nonne. Nicht zu hart, um Schäden zu vermeiden, doch fest genug, dass sie die Hiebe deutlich spürte und aufjaulte wie am Spieß. Mehrmals versuchte Prudence, nach unten zu greifen, die Hand schützend auf ihr Gesäß zu legen, scheiterte jedoch an den Stricken, die sie banden. Zarter Rotton überzog die Schlagstellen, als wäre ihr Hinterteil niemals zuvor in dieser Weise gezüchtigt worden.

Nach dem 12. Hieb legte Martha den Rohrstock beiseite und schwang eine simple Geißel mit breiteren Riemen. Kurz überprüfte sie den Sitz der Striemen, wie es die Art jener war, die tagtäglich mit diesen Gerätschaften zu tun hatten. Nach der Überzeugung des Zustandes der Geißel, schlug sie die gewünschte Anzahl auf den Rücken.

Mit jedem Schlag krallte sich Prudence fester an die Leiter, bis ihre Fingerknöchel weiß hervorstanden, während ihr Tränen über die Wangen liefen. Offensichtlicher Schmerz schüttelte sie, kaum wahrnehmbar hatte sie leise mitgezählt und sackte beim letzten Schlag erschöpft in sich zusammen.

Martha trat mit der Geißel an Heynrich heran und reichte ihm das Werkzeug.

„Vater ..."

Martha ließ die folgenden Worte offen, und wartete auf seine Reaktion. Ihr die Geißel abnehmend, trat er an Prudence heran. Wie zuvor fragte er sie:

„Nun Tochter, hast du etwas zu beichten?"

Ein Unterton von Güte schwang in seiner Stimme mit. Sanft legte er ihr die Hand auf die Schulter, knetete diese leicht und trat näher, beugte sich zu ihrem Ohr und sprach, für die anderen nicht wahrnehmbar.

„Wenn du nicht beichtest, Tochter, so müssen wir dich wohl am Orte deiner Wollust strafen, auf dass deine Erinnerung zurückkehren möge!"

Ein kurzer Hieb mit der Geißel zwischen ihren Beinen hindurch zog leises Aufjaulen nach sich. Prickeln an der Scham brachte sie zum Erröten. Es war nicht der Schmerz, der sie ängstigte, sondern vielmehr jenes unterschwellige Gefühl, das stets nach den Anfällen in ihr zurückblieb.

„Und nun, BEICHTE!!"

Knallrot im Gesicht und peinlich berührt, wünschte sich Prudence, der Erdboden möge sich unter ihr auftun und sie verschlingen.

„Vater, bitte ... ich flehe Euch an ... beendet dies!"

Prudence standen die Tränen in den Augen, vor Scham und Pein flehten ihn diese an aufzuhören. Von Mitleid gezeichnet stand die Äbtissin nahe der Tür und fühlte mit der fehlgeleiteten Seele. Sie erinnerte sich nur zu gut, wie hervorragend Martha ihre Schläge platzierte, so dass diese schmerzten, ohne gravierend zu verletzen. Kam es ihr nur so vor, oder genoss Schwester Martha ihre Aufgabe bisweilen? Wie gut sie zu züchtigen vermochte, hatte sie am eigenen Leib erfahren, nachdem sie einmal darum bat.

Hinter den anderen, direkt neben der Eingangspforte, hockte Agnes schamerfüllt auf den Knien. Nach wie vor trug sie das Bildnis des halbnackten Mönches vor ihrem inneren Auge und spürte, wie Wollust erneut erstarkte. Anfänglich sachte und kaum wahrnehmbar, fühlte sie steigenden Druck zwischen ihren Beinen, bis dieser ihren Verstand nahezu übermannte und sie auf alle Viere nach vor beugte.

Sie vermeinte, Manneskraft in sich zu spüren, die Stöße, die ihren Leib zu zerreißen schienen ... wieder und wieder und wieder in einer Intensität, die sie nahe an den Irrsinn trieb. Ruckartig bewegte Agnes ihr Becken im Takt der Stöße, gepackt von kräftigen Händen an ihren Hüften. Ihr Blick wurde glasig, sie verlor sich darin. Ihr Atem wandelte sich zum Keuchen und ihre Selbstkontrolle schwand.

Zwischen Vagina und Anus prickelten tausende Nadelstiche. Druck verstärkte sich beständig, teilte und bohrte sich in zweierlei Maß in sie hinein, als suchte sie Etwas zu zerreißen. Allzugern gab sie sich dieser kraftvollen, schmerzhaften und gleichwohl lustvollen Erfahrung hin. Verboten und doch unwiderstehlich hieß sie selbst in Anwesenheit des Mönches jenen Teufel willkommen, der seine Hand in ihr vergrub.

Ihr Herz verneinte, doch im Innersten bettelte sie um mehr, flehte darum, den Teufel in sich zu spüren. Der Widerspruch der Empfindungen zerrte an ihrem Herzen und riss sie hin und her.

Heynrich spürte, wie sich Dunkles des Raumes zu bemächtigen versuchte. Seine Gabe, die er schon früh verspürte und die sein Lehrmeister in ihm erkannte und ausbildete – sie ließ ihn aufhorchen. Er löste die Fesseln an ihren Beinen und schob sie mit einem Fuß rückwärts, sodass sie in leicht gebeugter Haltung zu verharren gezwungen war.

Erneut ließ er die Geißel zwischen die Beine der Gefesselten klatschen, doch mit weitaus mehr Kraft.

„BEICHTE!!"

Der Schlag ließ Prudence zusammenzucken. Sie drückte ihren Kopf gegen die Leiter und schluchzte. Schwieg. Wusste nicht, was sie beichten sollte, wo ihre Erinnerung zu versagen schien. Hier half selbst die Angst vor weiteren Schlägen nicht im Geringsten. Froh über die Fixierung an der Leiter, drückte sie ihren Kopf dagegen und hoffte inständig, es möge vorbei gehen.

Schmerz und Tränen schienen die Präsenz hervorzulocken, als köderte es die Hilflosigkeit der jungen, Gefangenen. Heynrich spürte, wie die Präsenz zunahm und steigerte. Möglicherweise reichten ein paar weitere Hiebe aus, um sie aus der Reserve und aus ihrem Versteck zu locken.

Ein 3. Hieb folgte zielgerichtet auf die Scham, traf direkt die Klitoris und zwang Prudence in die Knie, soweit die Fesselung dies zuließ. Der Schlag riss sie von den Beinen. Sie sackte ab und hing zuletzt nur noch an den Armen gebunden. Beißender Schmerz an der Trefferstelle raubte ihr den Atem.

„BEICHTE!!"

Gellend brach sich der Schrei aus ihrem Mund, bevor sie für einen Moment das Bewusstsein verlor. Hedwig trat in diesem Moment einen Schritt vorwärts, als wollte sie Prudence zu Hilfe eilen, bevor sie sich erinnerte, dass sie selbst um Heynrichs Hilfe gebeten hatte. So schlug sie ihre Hände vor den Mund und atmete tief durch, Tränen des Mitleids schimmerten in ihren Augen.

Im gleichen Moment stieß Agnes einen Schrei aus, wodurch sich Martha bemüßigt fühlte sich zu ihr umzudrehen. Sie eilte zur jüngeren Schwester, packte sie an den Schultern und verpasste ihr eine kräftige Ohrfeige, die augenblicklich ihren Kopf zur Seite schleuderte. Geschockt blickte diese die Ältere an.

Kühle kehrte in den Raum zurück, die Anwesenheit der Präsenz sank, gleichwohl blieb sie vorhanden. Heynrich fuhr herum.

„Schwester Martha, rechtfertigt Euch!! Ihr hintertreibt mein Vorgehen!!"

Diese drehte sich zu Heynrich um und blickte ihm geradlinig in die Augen. Nicht mehr denn Glaube und demutsvoller Gehorsam dem Herrn gegenüber stand in ihnen geschrieben in einer Intensität, die er bei manchen seiner Brüder gefunden hatte, wenn diese nahe vor dem Entrücken des Geistes standen. Nicht zwangsläufig schlecht, sondern vielmehr, wenn diese Brüder nur noch im Glauben lebten und manchmal dadurch selbst an die essentiellsten Dinge wie notwendige Nahrungsaufnahme oder Schlaf nicht mehr dachten.

„Vater, es war nicht mein Anliegen, Euch zu unterbrechen, geschweige denn Euch zu hintergehen. Doch mitunter ist eine sofortige Handlung notwendig. Ihr wart mit Schwester

Prudence beschäftigt, Schwester Agnes jedoch bedurfte einer augenblicklichen Zurechtweisung."

Ohne Gnade zerrte sie Agnes hoch, sodass Heynrich den geröteten Handabdruck im Gesicht zu sehen vermochte.

„Wusstet Ihr nicht, dass sie mitunter eine entsprechende Zurechtweisung benötigt?"

Erstaunen trat in Marthas Gesicht, als wäre es für sie eine Selbstverständlichkeit, von der sie schlichtweg ausgegangen war.

„Inwiefern? Ich bin nicht hier, um andauernd nur Andeutungen zu hören. Also sprecht geradeheraus!"

Martha blickte ihn mit einem eigenartigen Ausdruck in den Augen an.

„Nun Vater, mitunter baten die Schwestern mich um Rat, wie sie mit Schwester Prudence umgehen sollten. Gewiss, ich mag nicht gerade die beliebteste sein, da ich doch sehr viel Wert auf Gehorsam und Glauben lege. Jedoch habe ich es mir zur Aufgabe gemacht, den 13. Aspekt hier im Kloster zu wahren und darüber zu wachen. Euch ist gewiss bereits bekannt, welchen Stellenwert dieser Aspekt hier bei uns genießt. Ich gehe davon aus, dass die Äbtissin Euch bereits darüber in Kenntnis gesetzt hat."

Sie warf einen gestrengen Blick auf die neben ihr kniende Agnes, bevor sie erneut Heynrich ansah.

„Schmerz ist eine wunderbare Quelle, um die Schwestern erneut in Konzentration zum Herrn zurückzuführen. Die schnellste Version dazu ist es ebenso zu schlagen, dass sie noch im Zustand des Ungehörigen verharren, um sie aus eben diesem Zustand herauszuholen. Erfolgen die Schläge zu spät, hat es nicht mehr die gleiche Wirkung. Habt Ihr einmal ein wirksames Mittel gefunden um zu helfen, so werdet Ihr dies gewiss auch weiterhin nutzen."

Ein Lächeln trat auf ihre Lippen.

„Dieses junge Ding hier ging gewiss mitunter beichten. Das tun sie alle – mal mehr, mal weniger. Dann tat sie Buße, wie ihr geheißen wurde – nur um wenige Zeit später erneut gegen den 13. Aspekt zu verstoßen. Manche Schwester benötigt einfach eine strenge Hand, unter der sie ihren Glauben zu entfalten vermag. Schwester Agnes gehört in diese Gruppe. Ihre Wollust hat sie einfach nicht ausreichend im Griff."

Mit jedem ihrer Worte wurde Agnes ein Stück kleiner. Angst spiegelte sich in ihren Augen und Lust auf den Mönch verspürte sie im Augenblick nicht mehr, vielmehr die Furcht davor, erneut dessen unangenehmere Seite zu erleben. Für sie reichte es vollends aus, wenn dies Prudence betraf.

Entrüstet warf Martha einen tadelnden, vernichtenden Blick auf die jüngere Schwester. In ihr Lächeln trat Besorgnis.

„Euch bitte ich um Verzeihung, Vater. Ich gestehe, dass ich ein wenig übereifrig war. Gestattet mir als Anmerkung lediglich, dass es sich hierbei um keinerlei böswilliges Verhalten handelte, sondern ich lediglich meiner üblichen Aufgabe nachkomme, so wie ich dies seit Jahren hier im Kloster tue."

Beschämt sah sie zu Boden.

„So haben auch andere Schwestern um Euren Rat angesucht, in Bezug auf Schwester Prudence? So sagt mir nur frei heraus, was sie Euch erzählte, was Ihr ihnen rietet und was Ihr darüber denkt. Jedoch will ich keine Halbwahrheiten hören, bleibt bei der Wahrheit und verbergt nichts!"

Hier schien sich ein erster, klarer Ansatz der Wahrheit zu verbergen. Noch bevor Martha zu Wort kam, wandte sich Heynrich Agnes zu, die seinen Blick wie ein scheues Reh erwiderte. Im Nachklang jener Empfindungen, die Martha so abrupt beendet hatte, vermochte Agnes nicht zu verhindern, dass sie sich mehr Gedanken um das Geschlechts des Mönches machte, als darum, wie sie aus dieser Situation heil herauskommen würde. Ein Nachklang jener Manneskraft, deren Stöße sie soeben gespürt hatte, fühlte sie nach wie vor in ihrem Leib. Ein Echo, das Heynrich in ihren Augen wahrnahm.

Zu ihr hinabbeugend, packte er ihr Kinn und zerrte sie nach oben, bis sie auf ihren Zehenspitzen stand und seinem Blick nicht mehr auszuweichen vermochte. Und doch löste Agnes ihre Verspannung und versank beinahe in seinen haselnussbraunen Augen, in denen ein Versprechen zu liegen schien.

Augenblicke später löste Heynrich seinen Griff und ließ sie los, er hatte genug gesehen. Er trat zwei Schritte zurück, sodass er beide Nonnen gleichermaßen im Auge behielt und wandte sich erneut an Martha.

„Nun? Ich höre!"

In der Hoffnung Heynrich möge ihr nicht nur verzeihen, sondern gleichermaßen ihr Verhalten würdigen, schwang Aufregung in Marthas Stimme mit.

„Wahrlich, dies taten sie. Ich gab Ihnen exakt den gleichen Rat, den ich Euch gegenüber nun erwähnte und was Ihr hier mitbekommen habt. Jedoch war es mir, glücklicherweise niemals vergönnt, einen der Vorfälle von Schwester Prudence tatsächlich auch selbst mit zu erleben. Wie unsere geschätzte Äbtissin, vermag auch ich nichts davon persönlich zu bestätigen sondern lediglich davon zu berichten, wovon ich selbst nur gehört habe. Doch eines kann ich Euch mit Sicherheit versprechen. Nicht nur, dass Schwester Agnes weitaus mehr denn Schwester Prudence dazu geneigt ist, gegen den 13. Aspekt zu verstoßen. So wird sie auch eher Eure Fragen beantworten, als unser junges Küken hier."

Mit diesen Worten deutete sie auf Prudence, die soeben dabei war, sich erneut aufzurichten.

„Einen gut gemeinten Rat will ich Euch noch geben. Bedenkt, dass ich unsere Schwestern weitaus besser kenne, denn Ihr. Agnes vermag mitunter ein klein wenig stocken, doch wenn sie in Redefluss ist, wird sie alles erzählen, was Ihr hören wollt. Sie wird die Wahrheit sprechen, es liegt nicht in ihrer Natur zu lügen oder einen Gutteil der Wahrheit zu verbergen. Jedoch ist es mitunter hilfreich, sie zum Sprechen zu überzeugen. Zwingt sie, lasst sie nicht schweigen!"

Mit diesen Worten griff sie in Agnes Nacken und zerrte sie vor den Mönch. Nach wie vor stand Angst in den Augen der Nonne.

„Bitte, nicht!"
„Hör auf zu flennen, du Dirne!"

Flehentlich blickte Agnes Heynrich an, war nahe daran, vor ihm auf die Knie zu fallen.

„Vater ..."

Mehr brachte sie nicht über die Lippen. In ihrem Herzen wurde es flau, stockend versuchte sie, die passenden Worte zu finden.

„... es ist mir ..."
„Tochter, ich sehe wohl, wie unangenehm es dir sein muss,

dich offen zu deinen Begierden zu bekennen und doch ist es notwendig. Also rede!"

„... als Ihr bei Schwester Prudence standet ... ich erinnerte mich der letzten Nacht ..."

Wohl wissend, wie seine Wirkung auf die junge Nonne ausfallen mochte, trat er an sie heran, bis sie seinen Atem auf ihrer Wange spürte. Ein kurzer, fester Griff in ihren Nacken hielt sie fest umklammernd, seine Augen brachten sie zum Zittern und dennoch schürte selbst dies die Lust in ihrem Leib.

„Es ist klüger für dich, wenn du sprichst. Ich werde es nicht zulassen, dass deine Seele in des Teufels Hände gelangt!"

Ernüchtert gelang es Agnes, klarere Worte zu finden.

„Ich erinnerte mich an Euren Anblick letzte Nacht. Unwillentlich verstieß ich gegen den 13. Aspekt und ließ mich darin treiben. Wie Ihr bei Schwester Prudence standet, in diesem Moment vermochte ich nicht anders, als mich den Empfindungen hinzugeben. Verzeiht mir Vater, ich bitte Euch. Ich bedauer dies und doch vermag ich nicht anders, als Euch als Mann aus Fleisch und Blut zu sehen. Ich bin ein schwaches Weib, das Führung durch den Herrn benötigt!"

„Tochter, Führung sollst du wohl bekommen, doch es war nicht mein Anblick, der dich gerade eben erregte!"

Seine gesamte Aufmerksamkeit Agnes zuwendend, erschien ihm allmählich, dass der 13. Aspekt hier in diesen Gemäuern keine gute Idee darstellte. Was einst als sinnvolle Maßnahme ins Leben gerufen ward, hatte sich längst verselbstständigt und ins Gegenteil verkehrt.

Er selber hatte sein Lustbegehren nach vielen Jahren meisterhaft im Griff und vermochte über die Maße hervorragend damit umzugehen. Selbst die schönste Gestalt, dessen war er sich sicher, würde ihn nicht von seinem Wege abbringen. Obwohl es ihn doch ein klein wenig schmeichelte, dass er nach wie vor eine derartige Reaktion beim weiblichen Geschlecht hervorzurufen in der Lage war.

„Sprich also ehrlich heraus, was trug dich in Wollust hinfort? Und sprich die Wahrheit!"

„Vater, Ihr wart der Auslöser. Denkt Ihr, es ist so leicht, den Zölibat zu leben, wenn der eigene Herzenswunsch ein gänzlich anderer ist? Ihr seid auch nur ein Mann, den eine Frau zu begehren vermag. Gewiss Vater, ich verstieß damit gegen den 13. Aspekt, aber versteht ihr nicht, was Euer Anblick in einem Weib wie mir auszurichten vermag? Denkt Ihr, ich hätte diesen Anblick vergessen? Ihr mögt Euch in Eurem Zölibat sicher sein, ebenso wie Schwester Martha und unsere Äbtissin, doch ich bin dies nicht! Schwester Prudence ist eine Heilige gegen mich, dessen bin ich mir sicher. Sie leidet zwar unter diesen Anfällen, jedoch kämpft sie nicht mit dem Zölibat, während ich es am liebsten niemals abgelegt hätte!"

Schweigend hörte Heynrich diesem ehrlichen Bekenntnis zu, das er erwartet hatte.

„Ja, Vater, ich habe gegen den 13. Aspekt verstoßen. Jedoch geschah dies nicht aus freien Stücken. Ich flehe Euch daher an, helft mir!"

„Helfen werde ich dir wohl!"

Ihre Ehrlichkeit erfreute sein Herz, war sie doch damit bereit, dass er ihr zu helfen vermochte. Wer schwieg und leugnete, dem vermochte er nicht zu helfen. Hier jedoch war eine junge Frau vor ihm, die unter der Wollust litt und die vielleicht zu jenen Seelen gehörte, die ein Leben in einem Orden auf Dauer nicht ertrug.

„Zuvor, erkläre dich! Was meinst du mit deinen Worten über Schwester Prudence?"

„Sie gehört eher in dieses Kloster, als ich es tue. Sie ist frommer, als die meisten der Schwestern hier. Sie wäre die letzte, die sich aus freien Stücken der Wollust ergeben würde. Lieber büßt sie im Gebet in der Kapelle und lässt sich die Sünde austreiben."

Wortlos packte Heynrich sie am Nacken und zerrte sie zum Tisch, wischte die Schlaginstrumente beiseite und drückte sie bäuchlings darauf. Er raffte ihre Kleidung hoch, sodass gleichermaßen Kehrseite wie Scham deutlich zu sehen waren und drückte ihr zielgerichtet die Beine auseinander. Schwester Martha nickte er zu, Stellung auf der gegenüberliegenden Tischseite zu beziehen und ihr die Handgelenke zu halten.

Das selige Lächeln in den Augen der Schwester ignorierend, richtete er die hochgerafften Kleiderteile und stopfte sie in den Gurt ihrer Tunica.

Die Augen geschlossen, fühlte Agnes, eine Hand über das Fleisch ihrer Hinterbacken streichen. Die Hand strich hinab, glitt zwischen ihre Beine und Finger bohrten sich blitzartig in ihren Anus, stießen mehrmals kräftig zu, bevor sie aus diesem herausgezogen wurden. Weiter glitt die Hand nach vorne, zwischen ihre Schamlippen, wo sich Finger erkundend auf die Suche machten, bis sie das Hymen fanden und selbst dort hielten sie nicht inne.

Finger packten ihre inneren Schamlippen und zerrten und zogen an ihnen, bis Agnes den Schrei der Lust in ihr kaum noch zu bändigen vermochte. Der Moment, als die Finger sich ihrer Klitoris bemächtigten und diese streichelten und an ihr spielten, eine zweite Hand ihre linke Brust drückte und kräftig presste, hielt sie es nicht mehr zurück und schrie den Orgasmus hinaus, den sie spürte ...

... in diesem Moment traf die Geißel Agnes an der geschwollenen, pochenden Klitoris.

„Tochter, die Wollust werde ich dir wohl austreiben. Deine Bitte will ich dir gewähren!"

Wie zuvor holte er mit der Geißel aus und ließ sie erneut zwischen ihre Beine klatschen. Ein weiteres Mal traf er dabei die empfindlichsten Stellen der Weiblichkeit. Von unsichtbaren Händen losgerissen, schoss ihr der scharfe Schmerz in den Schoß. Aufjaulend presste sie die Beine aneinander und riss sich beinahe von Schwester Martha los.

„Tochter, wenn du schon um Hilfe ersuchst, so solltest du meine Art dir zu helfen auch akzeptieren und nicht dich dagegen zu verwehren."

Mit der rechten Hand die Geißel in Händen haltend, legte er seine linke Hand auf ihre Wirbelsäule in Höhe der Hüfte und bedeutete Schwester Martha, sie möge sich gefälligst Seile holen und die Nonne an den Tisch binden.

„Fixiert sie!"

Dienstbeflissen trat Martha mit den Stricken in der Hand an Agnes heran und band ihre Knöchel an den Tischbeinen fest. Die Hände an den Gelenken aneinandergefesselt, fixierte sie diese mit einem weiteren Strick an einem Haken an der Wand.

Eines der Seile stopfte sie Agnes in den Mund mit dem Vermerk: „Draufbeißen!"

Erst als sie sich von ihrer Arbeit überzeugt hatte und der Meinung war, sie hatte die Fesselung gut getätigt, nickte sie Heynrich zu. Missbilligend schüttelte sie den Kopf, als sie die geschwollenen Schamlippen der Nonne bemerkte, die eindeutig für Lust sprachen.

„12 Hiebe! Die Wollust werde ich aus deinem Schoß peitschen!"

Zielgerichtet traf jeder einzelne seiner Schläge zwischen ihre Schamlippen und bohrten sich tief in das zarte Fleisch. Kräftig zog er durch, stärker und stärker werdend, bis Agnes beinahe das Seil aus ihrem Mund spuckte. Schmerzenstränen standen in ihren Augen.

Lediglich die Fixierung durch die Stricke hielt sie davon ab, sich umzudrehen und Heynrich zu bewegen, die Geißel zumindest an anderer Stelle einzusetzen. In dieser Situation vermochte sie sich nicht zu wehren, sondern nur sich dem Schmerz hinzugeben, der die Lust aus ihr vertreiben sollte. Auf den Strick in ihrem Mund beißend, schrie sie in die Fasern hinein, was ihre Lunge hergab. Das war es nicht, was ihr unter dem Gedanken „Führung" vorgeschwebt hatte. Tief in ihrem Schoß pochte purer, heftiger Schmerz, weit weg von jeglicher Form der Wollust, die sie so sehr schätzte.

Nach dem letzten Schlag legte Heynrich erneut seine Hand auf die Wirbelsäule an ihrem Rücken, spürte das Zittern im Körper der Gefesselten, deren Kraft sich in den Schreien erschöpft zu haben schien. Lautlos schluchzte sie in sich hinein, brachte kaum mehr denn leises Krächzen aus ihrem Mund.

„Vater, bitte ... hört auf!"

Schmerz wandelte sich in ihrem Innersten zur Wollust, die im Krächzen erneut erstarkte.

„Vater, ich bitte Euch, löst meine Fesseln. Ich will Euch beichten ..."

Hart und unbeugsam stand Heynrich da. Trotz der Züchtigung atmete er ebenso ruhig, als hätte er sich dem Studium eines Buches hingegeben. Auf einen kurzen Wink hin, löste Martha die Fesselung, sodass Agnes sich ihre Handgelenke massieren konnte.

„Nun denn, so beichte mir, Tochter!"

Die Geißel in der rechten Hand haltend, griff er mit der linken ebenfalls danach und hielt sie drohend vor sich in der Hand. Agnes stand auf und drehte sich zu ihm um, sah ihn kurz an und senkte ihren Blick. Dieser winzige Moment reichte Heynrich, um den wollüstigen Unterton darin zu erkennen.

„Vater ... ich bitte um Vergebung dafür, dass ich mit dem 13. Aspekt hier im Kloster nie zurechtkam. Ich verstehe den Hintergrund des Aspektes sehr wohl. Bitte, haltet mich nicht für unwissend in diesem Zusammenhang. Jedoch vermochte ich mich nur selten daran zu halten, allzu stark waren andere Bedürfnisse. Ich versuchte stattdessen meinen Frieden im Gebet zu suchen. Als Schwester Prudence letzte Nacht mich mit ihrer Zunge ..."

Erneut tauchte jene Erinnerung in ihrem Kopf auf, die sie längst vergessen geglaubt hatte. Ihre zurückkehrende Lust verband sich deutlicher und stärker mit dem Schmerz seiner kräftig ausgeführten Schläge.

„Ich bitte Euch Vater, seht mich an, lasst mich zu Euch treten und es Euch berichten!"

„Weshalb glaubst du, es hier nicht beichten zu können?"
„Weil ich Euch darum bitte, Vater."

Diese Art der Bitte war ungewöhnlich. Für einen Moment dachte Heynrich nach und entschied, ihr diese Bitte zu gewähren.

„Doch ich warne dich, Kind. Wenn dies ein Spiel ist ..."
„Nein, Vater, das verspreche ich Euch bei meinem Seelenheil!"
„Im Namen der Wahrheit will ich deiner Bitte entsprechen ..."

Heynrich winkte sie zu sich heran, bis sie nahe genug vor ihm stand, um mit gesenkter Stimme die Taten zu gestehen.

„Vater ...", leise klangen ihre Worte, nahezu verschwörerisch, als wolle sie ihn zu einem geheimen Mitwissen machen.

„... es ist schwer, hier keusch zu bleiben, wenn die Gedanken nur um die Lust kreisen. Denkt an die Bibel, in wie vielen Stellen es darin von Unzucht wimmelt und welche Versuchungen selbst die Heiligsten erlebten."

Erneut trat sie einen Schritt näher, bis sich ihre Körper beinahe berührten und er ihren Atem auf seiner Haut wahrnahm.

„Ich würde lügen, wenn ich sagte, ich hätte dies nicht genossen. Ich würde lügen, wenn ich sagte, es wäre mir nicht willkommen gewesen. Schwester Prudence berührte mich zwischen den Beinen, dort, wo in meinem Leib das Feuer entfacht wird. Sie war es, die ihren Kopf zwischen meine Beine steckte und ..."

Erneut tauchte diese kurze Erinnerung in ihrem Kopf auf, wie Prudence an ihrer Klitoris saugte und an ihr knabberte. Sie fühlte erneut die Finger ihrer Mitschwester in sich eindringen.

„... doch ich konnte mich nicht wehren ..."

Die Erinnerung schüttelte ihren Körper durch. Sie verdrehte die Augen, ihr Verstand entschwand und ließ sie mit der Empfindung zurück. Keuchend fiel sie auf die Knie, Feuer brannte ihr zwischen den Beinen, drang in ihr Innerstes vor und füllte ihre Vagina aus. Es zog sich bis zum Anus, wo sich das Feuer verstärkte und sie zu verbrennen drohte.

Agnes sackte zu Boden, versuchte, sich am Mönch festzuhalten. Es misslang. Vor ihm zusammengefallen, riss sie ihre Kleidung nach oben, griff nach ihrem Geschlecht und suchte die Flammen zu stillen. Ihr Bauch schien in Flammen zu stehen. In diesem brennenden und prickelnden Zustand verlor sie jegliches Bewusstsein über ihr Umfeld, verlor ihr klares Denken und das Bewusstsein, nicht allein im Raum zu sein.

Binnen eines winzigen Augenblickes durchfuhr ihren Körper ein Orgasmus, wie nie zuvor. Er trug sie in Sphären, die sie nie zuvor erlebt hatte, getragen von den Schmerzen jener Hiebe, die ihr Heynrich zuvor versetzt hatte.

Niemals zuvor hatte sie einen Höhepunkt wie diesen erlebt, in dem Schmerz die Lust erfasste und ihr eine Intensität bescherte, wie nie zuvor. Er löste sie vom klaren Verstand und trug sie auf einer Woge der Lust davon. Bis weit hinein in ihr Herz, wo es das Bedauern von Schuld in Nichts auflöste und sie die absolute Glückseligkeit himmlischer Sphären trug.

Selten zuvor war es geschehen, dass der Zugriff des Verführers in einer derartigen Klarheit, Offenheit und Deutlichkeit zutage trat. Ein derart unangemessenes Verhalten bei einer Befragung durfte er nicht durchgehen lassen.

Im Augenblick der höchsten Verzückung packte er Agnes im Genick, warf sie mühelos bäuchlings auf den Tisch und schlug mit der Geißel mit voller Kraft auf ihren Rücken ein, bis der pure Schmerz sie aus der Verzückung löste. Über Sekunden hinweg verstärkten die Hiebe der Geißel ihren Orgasmus, während sich ihre Fingernägel umso tiefer in die Klitoris bohrten.

Jeglicher Zeitkontrolle entschlüpft, zog der Höhepunkt sie in dieser Schmerz/Lustmischung von einer Spitze zur nächsten. Die letzte Spitze vermochte Agnes kaum zu ertragen in ihrer Intensität und Stärke, bis sich die Erlösung in einem schrillen Schrei brach.

In den Nachwehen der Lust treibend, erkannte sie, dass die Anwesenden ihrem Treiben beigewohnt hatten, und verfiel vor Entsetzen.

Heynrich packte sie erneut am Genick und zog sie vom Tisch, hielt sie vor sein Gesicht und betrachtete ihre Augen, in denen er pure Erschöpfung und Entsetzen wahrnahm.

„Sprich, ist der Teufel in dich gefahren? Ist er aus Schwester Prudence in dich gefahren?"

Eiseskälte schwang in seiner Stimme mit und ließ sie gefrieren. Er wählte sorgsam seine Folgeworte und sprach bedächtiger als zuvor. Obschon er die Antwort erahnte, sollte sie selber bekennen.

Tränen aus Schuld und Entsetzen befeuchteten ihre Augen. Niemals zuvor hatte Agnes vor den Augen anderer gegen den 13. Aspekt verstoßen.

„... ich ... ich kann es mir nicht erklären, Vater! Ich schäme mich dafür ..."

„... und dennoch ist Verzückung in dir, meine Tochter. Das sehe ich! Schwester Agnes. REDE!"

Kraft lag in seinem festen Griff, eine Kraft, vor der Agnes deutlich Respekt gewonnen hatte.

„Erkläre dich! Was geschah soeben mit dir? Um den Dämon, der hier verweilt zu bekämpfen, muss ich verstehen! Nun denn, ich höre ...!"

Dabei beließ er keine Zweifel, dass er Ungehorsam nicht mehr zu dulden willens war. Nach wie vor trug seine Stimme einen Unterton, der sie zum Dahinschmelzen brachte. Agnes hatte Mühe zu ihm aufzusehen. Nach wie vor hielt er sie im Nacken gepackt. Sein fester Griff vermittelte ihr ein Gefühl von Bedrohung gleichwohl von Sicherheit. Erneut trieb die Erinnerung an seinen nackten Oberkörper in ihrem Kopf nach oben und ließ sie vor Erregung erschauern.

Agnes wusste, nichts als die reine Wahrheit würde Heynrich zufriedenstellen. Um passende Worte ringend, schluckte die Nonne ihren Stolz und bemühte sich darum, die Wahrheit zu beichten, soweit sie dies vermochte.

„Vater, es gibt Dinge, die ich nicht verstehe und nicht begreife. Manchmal spüre ich die Wollust in mir aufsteigen – nicht immer jedoch gibt es einen Anlass dazu, wie jenen, den Ihr bei mir auslöst. Dann vermag ich gar nicht anders, als gegen den 13. Aspekt zu verstoßen. Wie ich bereits sagte, denkt an die Bibel, denkt daran, was darin geschrieben steht. Ich trage nach wie vor meine körperliche Unversehrtheit. Wenn Ihr mir nicht glaubt, so lasst dies überprüfen."

„Ich bin mir dessen sicher, dass du nach wie vor im körperlichen Sinne, Jungfrau bist. So will ich dir doch auch sagen, dass du es im Geiste vielleicht nicht mehr sein könntest. Du hast einen Schwur geleistet, als du Teil der Klostergemeinde wurdest. Nicht jede Art der Wollust wird körperlich getragen. Auch die Sünde im Geiste vermag die Unschuld zu nehmen. Darauf scheint mir euer 13. Aspekt aufgebaut zu sein."

Agnes schloss die Augen und runzelte ihre Stirn. Die Berührung in ihrem Nacken erinnerte sie an jenen Pferdeknecht vor einigen Jahren, der sie nicht als zerbrechliches Kind, sondern als Weib behandelte, auf der Suche nach dem Stillen seiner eigenen Lust. Im Pferdestall, hinter ihrem eigenen Ross, lag er bei ihr, auf dem frischen Stroh. Selbst jetzt vermochte sie sein hartes, vor Lust pochendes Gemächt und seinen heißen Atem an ihrem Hals zu spüren.

Er hatte nicht gefragt, sondern sie wortlos an die Stallmauer gedrückt, ihren Rock nach oben geschoben und sie geküsst. Seine Zunge fordernd in ihrem Mund versenkt und an ihrem Geschlecht gespielt. Von eigener Lust übermannt zog sie ihn an sich, erwiderte das Zungenspiel und begann seinen Körper mit ihren Händen zu erkunden. Wenig später lagen sie beide halbnackt auf dem Stroh, wo er sie, ohne zu fragen, auf den Bauch drehte und seinen Schwanz in ihren Anus stieß. Viel zu viel Lust war in ihr, als dass sie den Schmerz des Eindringens als solchen empfunden hätte. Sie hob ihren Oberkörper, sodass die Stöße tiefer erfolgten. Der Moment als sie kam, hatte er seine Hand über ihren Mund geschoben, um ihren Lustschrei zu ersticken.

„Ich bin nicht besessen, Vater, wenn Ihr dies denkt. Ich bin nur eine Frau, die sich mit dem Gelübde der Keuschheit schwer tut. Ich kann nichts dafür, dass ich Euch begehre. Es ist so lange her, dass ich einen stattlichen Mann wie Euch sah. Das ist die Wahrheit, Vater!"

In ihren Augen fand er jene Ehrlichkeit, nach der er suchte. Auf seinen Wink hin, löste Martha Prudence von der Fesselung. Erleichtert stand diese, an die Leiter gelehnt und rieb sich die Handgelenke. Blut schoss in die Hände, es kribbelte in ihnen.

Heynrich stieß Agnes zu Prudences Füßen und wandte sich an diese. Bar jeglicher Kleidung aufrecht vor ihm stehend, griff er sanft unter ihr Kinn und blickte ihr in die Augen. Eiseskälte wich Sanftmut in seiner fragenden Stimme.

„Nun Tochter, hast du uns etwas zu sagen?"

Nahezu väterlich ließ er jeglichen Druck von ihr weichen und gab ihr zu verstehen, dass er sie nicht festhielt, sie sich jederzeit lösen könnte. Dennoch wich sie nicht aus, obwohl alles in ihr danach schrie, dass sie liebend gerne aus der Pein entkäme.

„Vater, was auch immer Schwester Agnes gegen mich vorzubringen vermeint, so entsprechen ihre Worte nicht der der Wahrheit. Ich betete die ganze Nacht, bis sie aus der Kammer stürmte und selbst danach!"

Während sie sprach, hob sie die Hände, um ihre Blößen zu bedecken. Es fiel ihr schwer, nackt vor einem Mann zu stehen, noch dazu vor einem Diener des Herrn.

„Bedecke dich, Tochter. Du wirst gemeinsam mit Schwester Agnes hier knien und beten, wie gestern Nacht. Schwester Martha wird euch beide überwachen. Mutter Oberin, Schwester Martha, auf ein Wort vor die Tür!"

aum standen sie auf dem Gang, schloss er die Tür und blickte die beiden älteren Nonnen überaus ernst und gestreng an. Außerhalb der Kammer zogen kühlere Temperaturen durch die Gänge. Wind pfiff hindurch.

„Ich will versuchen, die gleiche Situation wie gestern Nacht heraufzubeschwören. Beide befinden sich in einem überaus erregtem Geisteszustand, sind müde und erschöpft. Es ist die Frage, ob es sich bei beiden um reine Hirngespinste handelt oder nicht. Nun liegt es an uns, herauszufinden, ob diese Dinge rein im Geiste stattfinden oder ob nicht doch eine tatsächliche Übernahme des Körpers stattfindet."

Wandte sich Schwester Martha zu.

„Ihr werdet beobachten, aber greift nicht ein, noch lasst euch von einer der beiden berühren."

In ihrer Freude, den Mönch unterstützen zu dürfen, wirkte sie kindlich im Überschwang. Diese nickte daraufhin und betrat erneut die Kammer, ließ die beiden alleine zurück. Sie würde die beiden jungen Nonnen genau beobachten, dessen war sich Heynrich sicher.

„Mutter Oberin, Ihr tatet gut daran, mich zu bitten Euch zu helfen. Was ich sah, reicht für einen ersten Eindruck."

Sorge lag auf ihrem Antlitz.

„Denkt Ihr, es ist tatsächlich ein teuflisches Wesen, das den Weg hierher fand? Ich bin erschüttert ob der Vorkommnisse, die ich selbst bislang nur aus Berichten erfuhr, aber auch, wie sehr ich in der Handhabung des 13. Aspektes versagt habe."

Heynrich legte beruhigend seine Hand auf die Schulter der Äbtissin, die mit dem Gefühl des Versagens kämpfte.

„Mutter Oberin, ist es ein Dämon, so wird er hier bald entschwinden. Ihr suchtet meine Hilfe, weil Ihr mir vertrautet. So vertraut mir auch weiterhin."

Einen Augenblick länger als nötig ließ er seine Hand auf ihrer Schulter ruhen. Diese winzige Geste half ihr dabei, sich zu beruhigen.

„Danke!" brachte sie flüsternd hervor.

„Was bisher vorfiel, so glaube ich kaum, dass Schwester Agnes aus eigener Berufung den Weg ins Kloster fand. Erzählt mir über den Eintritt der beiden in den Orden, Mutter Oberin!"

Gedankenverloren griff die Äbtissin nach dem Rosenkranz, den sie beständig bei sich trug. Drehte ihn in den Händen.

„Es ist nicht so einfach, wie es auf den ersten Blick scheinen mag. In meinen Unterlagen finden sich Aufzeichnungen über alle Schwestern, die Umstände der Aufnahmen, sowie über deren Familien. Wie Ihr Euch denken könnt, traten beide im Zustand der Unschuld in den Orden ein. Ich selbst nahm die entsprechenden Untersuchungen vor. Eine Notwendigkeit."

Ein Akt, der der Äbtissin sichtlich unangenehm war.

„Schwester Agnes wurde von ihrer Familie ins Kloster gebracht. Die ihr angedachte Ehe hatte sie verweigert. Es musste etwas geschehen sein, dass dafür Sorge trug, dass ihre Familie Angst um Ruf und Ehre hatte. So betrachteten ihre Eltern den Weg ins klösterliche Leben als einzigen probaten Ausweg. Die Berufung zur Ordensschwester steht, gehen wir nach unterschiedlichen Schriften, selbst vor dem

Gang zum ehelichen Altar. Stammten diese Worte nicht aus Euren eigenen Traktaten?"

Für Augenblicke sah sie in seine haselnussbraunen Augen, in denen sich schon so manche weibliche Seele verfangen hatte.

„Wo die Sache mit Schwester Agnes gewiss häufiger vorkommt, so sieht es bei Schwester Prudence anders aus. Vor einigen Jahren kam es in der Nachbarschaft ihrer Familie zu MIssernten und daraus folgend natürlich, wie Ihr selbst wisst, lag der Gedanke nahe, es könnte sich um Hexerei handeln. Aus Sorge um ihr geliebtes Kind baten mich ihre Eltern darum, sie hier im Orden aufzunehmen, um sie unter meinen Schutz zu stellen. Einerseits war ich ihnen noch einen Gefallen schuldig, andererseits hatte Schwester Prudence ein derart angenehmes Wesen, dass es mir leicht fiel, zuzustimmen und sie hier willkommen zu heißen. Eine arme Köhlerin wurde geraume Zeit danach der Hexerei angeklagt, verstarb jedoch unter der Befragung. Bald darauf geriet auch die Familie der Schwester unter Verdacht. Was aus ihrer Familie danach wurde, weiß ich nicht. Ihr wisst selber, es ist klüger, in einem derartigen Zusammenhang nicht nachzufragen."

Unterschiedlicher mochten die Wege und Wesen der beiden Schwestern kaum sein. Als Antwort reichte dies jedoch nicht aus.

„Und ihr Verhalten hier im Orden? Ihre Frömmigkeit? Ihr wisst, es gibt Schwestern und Brüder, die dienen aus dem Herzen. Andere hingegen wollen lediglich ein sicheres Leben ohne Hunger und Not."

„Schwester Prudende, so erscheint mir, liebt ihre Berufung. Umso erstaunlicher ist es für mich, dass gerade sie das Opfer derartiger Heimsuchungen ist."

Schweigend hielt Hedwig inne, dachte nach.

„Ich trat aus Überzeugung vor vielen Jahren ins Kloster ein. Meine Brüder taten dies bereits vor mir. Lediglich mein ältester Bruder, Jakob, blieb bei den Eltern und übernahm im Anschluss die Goldschmiederei, von der wir bis heute gottgefällige Werke erhalten. Ich fühlte mich berufen, nicht zur Ehe – sondern zum Glauben. Bei Schwester Martha war dies ebenso, zumindest sagt sie dies."

Den Rosenkranz erneut in Händen drehend, warf sie einen Blick in Richtung Tür.

„Am Verhalten von Schwester Prudence ist nichts auszusetzen. Ihr Verhalten ist vorbildlich. Ich frage mich nur, ob sie nicht, wie Hiob, einer Prüfung unterzogen wird. Sie ist ein gutes KInd, braucht jedoch bisweilen Führung. Manchmal bat sie mich darum, sie zu züchtigen, um ihren Geist wieder ins Reine zu bringen. Sie erzählte in diesen Zeiten von Gedanken, die ihr nicht behagten. Selbst mir erschien dies ein klein wenig übertrieben. So folgte ich ihrer Bitte in der leichtesten, möglichen Weise. Für jedes Gebot erhielt sie einen Schlag – nicht mehr."

„Was ist mit den Spuren auf ihrem Rücken?"
„Ich gestattete Ihr, sich bei Bedarf selbst zu züchtigen. Jedoch verabsäumte ich wohl, die Intensität dahinter zu erfragen."
„Mutter Oberin, darf ich Euch an Euch selbst erinnern? Verzeiht mir diese Worte, doch auch Ihr scheint Euch nicht unbedingt zu schonen."

Schamesröte überzog ihr Gesicht.

„Ja, dies ist mir wohl bewusst."

Hedwig setzte sich auf die Steinbank neben der Strafkammer und bedeutete Heynrich, es ihr gleichzutun.

„Schwester Agnes ist ein anderes Thema. Sie gibt sich Mühe, betet viel und ist lern- wie wissbegierig. Jedoch habe ich nicht den Eindruck, dass sie wahrlich den Weg zum Herrn sucht. Sie weiß es nur selbst noch nicht. Ihr Wille dem Herrn zu dienen ist gegeben, das Fleisch jedoch ..."

Unausgesprochen ließ sie den Satz unvollendet und betrachtete Heynrich von oben bis unten, bevor sie ihm erneut ins Gesicht sah.

„Es ist kein Wunder, dass Sie auf Euch derart reagierte. Ihr scheint jenem Manne zu ähneln, für den sie ihre vorgesehene Ehe verleugnete und wodurch sie ihr angedachtes Leben als wohlbestallte Ehegattin gegen eine einzige Nacht mit einem Pferdeknecht ein tauschte, der mit dem Kriegstross weiterzog. Ich vermochte ihr nur deshalb den Platz im Kloster zu ermöglichen, da sie ihre Unschuld glücklicherweise bewahrt hatte. Es schien, als hätte ihre Hausmagd, sie gerade noch rechtzeitig aufgefunden. Bis zum heutigen Tage gaben Schwester Martha wie ich stets unser Bestes. Wir schonten weder die Schwestern noch uns selbst. Jedoch reichten unsere Bemühungen nicht aus, egal wie hart wir auch danach suchten, den Frieden erneut zu erlangen und ins Kloster zu bringen. Bei den anderen Schwestern war dies weniger das Dilemma. Vielmehr jedoch war es Schwester Prudence, die mich dazu veranlasste, Euch nun doch zu schreiben und um Hilfe zu ersuchen. Ich wusste mir einfach keinen Ausweg mehr. Schwester Agnes hingegen ist einfach ein junges Mädchen wie viele andere auch, die sich mit dem Klosterleben schwer tun."

Für einen Moment griff sie nach Heynrichs rechter Hand und drückte diese, bevor sie sie wieder losließ. In ihrem Herzen nahm sie eine Regung wahr, die sie gründlich irritierte.

„Ich denke, Ihr erinnert sie an jene Nacht."

"Eine die der Wollust widersagt und vielleicht besessen ist und eine andere, die der Wollust frönt. Wir werden sehen, ob es nur Fantasien oder wahre Besessenheit ist. Mich beunruhigt eher, dass nach gewisser Zeit auch Schmerz zu Lust führen kann. Dann wären eure Disziplinierungsmaßnahmen eher kontraproduktiv."

Unruhe, zwang sie aufzustehen und ein paar Schritte zu gehen, bevor sie sich erneut zu Heynrich setzte.

„Prudence reagiert auf Schmerz weniger mit Wollust, als vielmehr mit Frieden im Herzen. Schmerz sucht sie gewiss, jedoch eher aus Verantwortungsgefühl heraus, um der Sühne Herr zu werden. Ob sie Gefallen daran findet? Das weiß ich nicht. Bei Agnes scheint es zu Beginn eine einfache Antwort zu geben, doch ich versichere Euch, dies scheint nur so zu sein. Glaubt mir, weitaus mehr Sorgen macht mir Prudence."

Ohne offensichtlichen Grund senkte die Äbtissin ihr Haupt, schwieg und sortierte ihre Gedanken.

„Einst trug ich selbst in jungen Tagen den Kampf mit dem Übel der Wollust. Ich kann Euch versichern, der Kampf war schwer, jedoch half mir eine ältere Schwester, indem sie mir Tee aus einem bestimmten Kraut bereitete. Die Lösung findet sich nicht selten in den Klostergärten. Soweit mir mein Bruder berichtete, ist in Mönchsklöstern ja der Mönchspfeffer überaus beliebt, um diesem Verlangen gegenzusteuern."

„So stellt sich mir die Frage, wie ich Euch helfen soll. Schwester Agnes ist dahingehend kein großes Problem. Setzt bei ihr die Intensität des Schmerzes hoch genug an oder ersetzt ihn durch Kälte. Bei Schwester Prudence hingegen ist die Frage, inwieweit hier eine interrogatio oder doch besser eine exorcicio durchzuführen sei. Bedenkt Eure eigenen Worte und sagt mir, wie denkt Ihr darüber?"

Auf Antwort wartend, beobachtete Heynrich die Reaktion auf seine Worte.

Erneut erhob sich die Äbtissin. Neben dem Mönch zu sitzen war ihr nicht länger möglich, zu viele Gedanken kreisten in ihrem Kopf, als dass sie sich von einer Regung ihres Herzens ablenken lassen sollte. Seine Frage war berechtigt.

Wie so oft trat sie an die hohen, gotischen Fensterbögen heran und betrachteten den schmalen Innenbereich im Klostergarten. Nachdenklich drehte sie das Rosenkranzkreuz in ihren Händen.

Ihre bebenden Schultern veranlasste Heynrich, an Hedwig heranzutreten und sie an der linken Schulter zu berühren. Woraufhin sie sich umdrehte und eine Träne aus ihrem linken Auge beiseite wischte.

„Es geht mir gut."

Woraufhin er sie losließ und neben ihr stehenblieb.

„Tränen mögen mitunter eine Hilfe darstellen und Erleichterung verschaffen."
„Vater, es geht mir gut. All die Jahre hinweg, lag die Last auf meinen Schultern und ich trug sie, so gut ich es vermochte."

Erneut schüttelte es sie, eine weitere Träne verließ das Auge. Diesmal wischte Heynrich sie beiseite.

„Mutter Oberin, Ihr batet um Hilfe und die werdet Ihr bekommen. Ihr tatet recht daran, mich zu informieren, ich erahne die Problematik."
„Habt Dank dafür, Vater. Denn wie Ihr selbst seht, sowohl Schwester Martha wie mir, fehlt es an der nötigen Kraft. An einigen Tagen erscheint mir, als könnte Schwester Prudence ihre selbst auferlegte Buße nicht in ausreichendem Maße

erlangen. Sie büßt für Dinge, die ich nicht begreife, geschweige denn zu erklären vermag. Trotz sämtlicher Unterlagen und Texte, die ich las, fehlen mir doch die Erfahrungswerte daran."

Hedwig atmete tief durch. Sie blickte in seine Augen und erkannte nichts anderes als Sicherheit darin. Ihre Schultern aufrichtend, fasste sie sich erneut.

„Vater, so will ich Euch nun freie Hand über beide Schwestern geben. Ich bitte Euch nur, sie nicht dermaßen zuschanden zu schlagen, dass Ihr sie zum Herrn schickt. Überdies scheint Schwester Prudence Euch in einer Weise zu vertrauen, die ich bei ihr nie zuvor erlebte. Nicht weil Ihr ein Mann Gottes seid, sondern da ist etwas anderes, das ich nicht erklären kann. Etwas in ihrem Verhalten, ihrer Mimik Euch gegenüber. Sie vertraut Euch, ohne, dass sie es selber weiß."

Seinen linken Oberarm berührend sah sie ihn bittend an.

„Wenn Ihr denkt, Schmerz möge Schwester Agnes helfen, so bitte ich Euch darum, den Versuch zu wagen. Doch eines möchte ich auch dazu bemerken. Keine der beiden will ich wegschicken, das Problem sollte hier gelöst werden und nicht in ein anderes Kloster verlagert. Es ist unser Problem, nicht das der anderen."

Für einen Moment drängte sich der Wunsch in ihr auf, von ihm in die Arme genommen zu werden, verlor sich jedoch binnen eines Wimpernschlages wieder. Darum bemüht, ihre Selbstkontrolle aufrecht zu halten, bohrte sie sich das Kreuz des Rosenkranzes in die Handfläche. Dadurch entstandener Schmerz holte sie zurück.

„Nein! Dafür ist er nicht gedacht!"

Ihre Hand ergreifend, fühlte er die Auswirkungen des Schmerzes, den die Äbtissin trug, bevor er sie wieder losließ. Erstaunt erhob sie ihren Blick und ließ das Kreuz los.

„Ich persönlich denke, dass Schwester Prudence sich nach einer Sühne sehnt. Vielleicht denkt sie unbewusst noch an jene Zeit, als sie noch nicht im Kloster war. Ich erzählte Euch ja, dass es dort gewisse Hexenvorkommnisse gab. Allerdings möchte ich schon auch anmerken, dass ich es für denkbar halte, dass ihre Anfälle real sind und sie nur nicht unter Kontrolle hat. Ob sie sich daran erinnert, das vermag ich nicht zu beurteilen. Was auch immer ihr Problem ist, sie zahlt einen hohen Preis dafür."

„Wie mir scheint, sind wir ob der Angelegenheit zu ähnlichen Ergebnissen gekommen. Was Schwester Prudence betrifft, so vermag ich ihr wohl eine Buße aufzuerlegen, welche ihr gewiss einige Zeit die Sühne bietet, nach der sie verlangt. Vielleicht gelingt es gar sie im Rahmen der Exorcicio von ihrer Besessenheit zu befreien."

Er faltete seine Hände wie zum Gebete.

„Wenn sie sich von der Sünde befreit sieht, kann der Dämon nicht bleiben. Alleine, herauslocken müssen wir ihn, um ihn bannen zu können. Lasst Schwester Agnes dabei sein! Sollte die Wollust erneut über sie kommen, so werde ich eine Exempel statuieren. Lassen wir sie nun bis zur Abenddämmerung beten. Ein erschöpfter Geist gereicht uns nur zum Vorteil."

„Mein Bruder hatte mit seiner Empfehlung offenkundig recht. Es wird geschehen, wie Ihr wünscht. Bis zur von Euch genannten Zeit, gestattet mir bitte, Euch als Gast zu Speis und Trank zu laden."
„Einfache Speisen sowie Wasser genügen vollauf."

„Wünscht Ihr mit den anderen Nonnen zu speisen?"
„Dies ist nicht nötig. Ich ziehe es vor, mich auf die Unterlagen zu konzentrieren. Sollte ich noch Fragen haben, so werdet Ihr dies schon merken."
„Aber natürlich. Haltet Euch bitte nur nicht zurück."
„Dies werde ich keineswegs. Macht Euch darum keine Gedanken, Mutter Oberin und nun entschuldigt mich!"

Mit diesen Worten zog sich Heynrich in die Räumlichkeiten der Äbtissin zurück. Vertieft in die Unterlagen bemerkte er kaum, wie eine der Nonnen ihm Brot, Käse und einen Krug mit Wasser brachte. In den folgenden Stunden gelang es ihm, einen guten Überblick zu erlangen, wenngleich er kaum Neues darin vorfand.

Auf einem Pergamentblatt, das in seinem Reisebüchlein verschwinden würde, notierte er sich einzelne Stichworte für später.

Bevor das Sonnenlicht hinter dem Horizont entschwand, verzehrte Heynrich die einfachen, dargebotenen Speisen. Er würde die Kraft benötigen. Kniete vor dem Kreuz nieder und betete für seinen Erfolg, schlug das Kreuzzeichen und erhob sich wieder. Die Zeit war gekommen.

ber Stunden hinweg stand Schwester Martha in der Ecke und beobachtete die jüngeren Nonnen. Gehorsam und wie erwartet, beteten sie und hielten die Köpfe gesenkt. Wärme durch die Kerzenflammen und die zurecht gezogene Kleidung, die beide wieder trugen, vermittelten zumindest den Hauch von Normalität.

Anflüge von Furcht wie Scham fand sich in beiden Gesichtern, sobald sie sich der vergangenen Stunden erinnerten. Wo Agnes Gedanken immer wieder abschweiften und sich ihrer Erinnerung hingab, bevor sie regelmäßig mit rotem Kopf zum Gebet zurückkehrte, mühte sich Prudence darum, ihre Gedanken beim Gebet zu halten, und versank in meditative Kontemplation.

Beflügelt gab sich die Nonne dem Gebet hin, bis eine Hitzewelle über ihren Körper rollte und sie aus der Meditation riss. Zwischen ihren Schenkeln rumorte es, Hitze prickelte an ihrer Scham, zog sich von der Klitoris über die Scheide bis zum Anus und steigerte sich an Stärke.

Scham trat erneut hervor und überzog ihr Gesicht mit einem knallroten Farbton. Scham und Wollust entschwanden und riefen die Erinnerung an die Schläge erneut hervor. Schmerz trat zwischen ihre Schamlippen, einem brennenden Seile gleich, das ihr zwischen den Beinen entlang gezogen wurde. Einer Strafe gleich, die dort ansetzte, wo Heynrich zuvor geendet hatte.

Unbewusst positionierte sie sich neu, spreizte leicht die Beine für einen besseren Stand. Unerträgliches Feuer umspielte ihre Klitoris. Die Qual sich nicht selbst zu berühren, um das Feuer zu stillen, stieg nahezu ins Unermessliche und wurde allmählich auch auf ihrem Gesicht sichtbar.

Durch dieses Empfinden hindurch, fühlte Prudence eine Hand um ihren Hals greifen und ihn leicht zudrücken – einem Zeichen der Dominanz gleichend. Im selben Atemzug fühlte sie eine Hand an ihrer Kehrseite, die sich zwischen die Backen schob und wie etwas Mächtiges in ihren Anus eindrang und sie ausfüllte, bevor sie sich daraus zurückzog und an ihrem Becken vorbei und an ihrem Venushügel hinab glitt, bis sie ihre Klitoris erreichte und diese zwischen Fingern packte. Ihr Kinn begann zu zittern, während sie sich in Richtung Höhepunkt bewegte, ausgelöst durch unsichtbare Berührungen. In ihr brannte Feuer, ungestillt, die Konzentration auf das Gebet entschwand, bis sie sich nur noch auf das Empfinden ihres Körpers konzentrierte.

Ihr Herz schlug schneller, Feuer füllte ihren Unterleib aus, brannte sich mit unzähligen Stacheln in ihrer Klitoris fest, bis sie vor Wollust alles um sich herum vergaß. Schweigend erschien es ihr wie Sühne und Sünde gleichermaßen.

Immer wieder zwischendurch hörte Prudence es klatschen, wenn Martha ihrer Mitschwester eine Ohrfeige verpasste. Wo für Martha Prudence betete, hatte sich Agnes mit Tränen in den Augen immer wieder vom Gebet zurückgezogen. Dies wiederum hatte Folgen für sie, indem ihr Martha mitunter einen Schlag in den Nacken oder eine Ohrfeige verpasste.

Als Heynrich die Tür öffnete und eintrat, löste sich der Höhepunkt in Prudence und ließ sie nach vorne fallen. Die Hände auf den Mund gepresst, verfügte sie gerade noch über die Menge Selbstbeherrschung um nicht wie Agnes vor Lust aufzuschreien.

„Willst du das wieder?"

Lachend erklang die Stimme in ihrem Innersten und trieb ihr vor Lustschmerz die Tränen in die Augen. Einer Antwort schuldig bleibend, blieb Prudence auf allen vieren auf dem Boden kniend, bebend unter der Erregung der Wollust.

Heynrich, der soeben sah, wie Schwester Martha Agnes derart stark ohrfeigte, dass dieser der Kopf zur Seite flog und ihr Tränen in die Augen traten, wirkte alles andere als begeistert von diesem Verhalten.

„Ich gebot Euch, nicht einzuschreiten noch die beiden zu berühren!" donnerte er. Zorn blitzte in seinen Augen auf.

„Törichtes Weib! Ich versuche das Böse herauszulocken, um es zu bekämpfen und du schützt es durch dein Tun! Jeder meiner Schritte ist wohlgesetzt und dient einem bestimmten Zweck!"

Rasch war er bei Martha und packte ihr rechtes Handgelenk. Leiser als zuvor und mit einer Stimme, die keinerlei Widerspruch duldete, fuhr er fort.

„Wenn ich also etwas anordne, so erwarte ich eine Befolgung bis aufs kleinste Detail! Durch dein Handeln könnten die vergangenen Stunden vergebens gewesen sein!"

Verdattert stand Martha da, ihr Handgelenk nach wie vor in seiner Hand, das er schließlich doch losließ.

„Vater, mein Verhalten tut mir leid. Ich war es bislang gewohnt, im Namen des Herrn für Zucht und Ordnung zu sorgen unter den Schwestern."

Als Zeichen ihres Fehlverhaltens reichte sie ihm den Stock, den sie nach wie vor in der linken Hand hatte.

„Es tut mir leid, dass ich Euch Mühe mache. So Ihr dies wünscht, will ich dafür Buße tun!"

Offenkundig hatte das Alter bei ihr seine Spuren hinterlassen. Es fiel ihr schwer, in die Knie zu gehen und doch kniete sie nieder vor ihm. Eingeständnis von Schuld wie Niedergeschlagenheit waren ihr überdeutlich anzumerken.

Erneut nahm seine Stimme den gewohnt, ruhigen Tonfall an.

„Steht auf und kommt mit mir vor die Tür!"

Im Angesicht eines möglichen Dämons hielt Heynrich es für angemessener mit ihr ohne den jüngeren Schwestern als Zeugen zu sprechen. Nach wie vor hielt Schwester Martha ihren Kopf niedergeschlagen gesenkt. Sie von oben bis unten mit prüfendem Blick betrachtend, hob er ihr Kinn nach oben.

„Ich sehe keinen Makel an Eurer Seele und es obliegt nicht mir, Euch für Euren Eifer im Glauben zu maßregeln. Zudem will ich keine Schwächung Eurer Person in diesen Stunden riskieren. Ihr werdet beizeiten selbst Buße tun, merkt Euch dies wohl ..."

Unausgesprochen verzichtete Heynrich darauf, den Satz zu vollenden. Martha schluckte, spürte sie doch, dass dies alles Mögliche bedeuten könnte. Dennoch war sie willens, jegliche Buße auf sich zu nehmen, die ihr Heynrich auferlegen würde.

„Ihr hattet mit diesen Dämonen bislang nicht viel zu tun, wie ich sehe. Merkt Euch, manchmal ist es notwendig, gewohnte Pfade zu verlassen, um das Böse zu überlisten. Nicht immer helfen Züchtigungen und körperliche Strafen alleine – auch, wenn manche unserer Glaubensbrüder, dies anders zu sehen belieben."

Durchdringend sah er ihr in die Augen, was ihr eine massive Gänsehaut im Nacken verursachte.

„Ich hoffte darauf, dass es sich in der nun verstrichenen Zeit manifestiert hätte, sodass Ihr mir darüber hättet berichten können. Durch Euren Eifer jedoch, habt Ihr diese Möglichkeit verhindert. So wollen wir noch retten, was zu retten ist."

Bevor Martha erneut vor ihm in die Knie zu sinken vermochte, hielt er sie an den Schultern fest.

„Von Euch erwarte ich, dass Ihr mir bei Eurem Seelenheil versprecht, nur, und nur das zu tun, was ich Euch in dieser Hinsicht zu tun geheiße. Nicht mehr – aber auch nicht weniger. Schwester, bedenkt, wir kämpfen hier einen Kampf gegen das Böse, wie einst der Erzengel Michael selbst. Jeder Schritt dabei ist wohl überlegt und hat ohne Zögern oder Zaudern umgehend zu erfolgen."

Schamerfüllt ob seiner Gnade ihr gegenüber, bekannte sie freimütig:
„Vater, ich nehme diese Schuld auf mich. Sagt mir bitte, wie ich Euch am besten dienen und unterstützen kann."

Das Zittern ihrer Hände endete, erneut beseelte sie Glauben und Stärke, derer Heynrich sich längst vergewissert hatte.

„Vater, ich schwöre dies bei meinem Seelenheil. Ich schulde Euch Gehorsam und werde ausführen, was Ihr von mir verlangt. Bevor Ihr jedoch zu den Schwestern geht, so will ich Euch noch von einer Sache berichten ..."

Beendete ihre Worte, als sie die Äbtissin gemessenen Schrittes ihnen entgegenkommen sah. Etwas in ihren Augen funkelte.

„Vater ... ich weiß, ich handelte nicht nach Eurem Wunsch. Jedoch, so Ihr selber schon erkannt habt, dass Schwester Agnes leicht vom Pfade abweicht und mitunter gar den Text der Gebete vergisst. Wie kann man im Gebete nur einschlafen? Darum verpasste ich ihr die Ohrfeigen, damit sie nicht vergisst, warum sie in der Kammer war."

Sie brauste auf, Wut erklang in ihrer Stimme mit.

„Es ist eine wahre Schande dabei einzuschlafen! Hach!"
„Nun denn, so wollen wir die notwendigen Maßnahmen ergreifen, um den Teufel aus beiden zu verbannen."

Streng blickte er Schwester Martha an und warf auch einen Blick zur Äbtissin.

„Merkt Euch wohl: Erfüllt alle meine Anweisungen ohne Zögern, es sei denn, ich leite sie ein mit den Worten „Im Namen des Herrn". Dann und nur dann, werdet Ihr die jeweiligen Anweisungen im allerletzten Moment abbrechen."

Er sah von einer Nonne zur anderen, von beiden kam ein Nicken des Kopfes.

„Habt Ihr mich verstanden?"

„Vater, so soll es geschehen."

Insbesondere in Marthas Augen zeigte sich wahre Dienstbeflissenheit, war sie doch begierig darauf, Heynrich mit jeder Faser ihres Seins dienstbar zur Seite zu stehen. Von Seiten der Äbtissin erhielt Heynrich nicht mehr, denn ein dezentes Kopfnicken.

„Nun denn, wohlan. Bei Schwester Prudence will ich versuchen, den Dämon durch Weihwasser auszutreiben. Lasst dazu ein Fass Wasser bringen, ein großes Leintuch und eine Bank, groß genug, sie zur Gänze zu binden. Lasst überdies im Kohlebecken ein Feuer entzünden, auf dass die Zangen glühen!"

Ihren erschrockenen Blick bemerkend, huschte ein deutlich sichtbares Schmunzeln über sein Gesicht.

„Manchmal erreicht man mit einer bildlichen Drohung weitaus mehr, als wenn man sie ausführt, wie Ihr soeben selbst erkannt habt."

Schwester Martha beugte den Kopf und eilte von dannen. Sie war es nicht gewohnt, getadelt zu werden. Dennoch wusste sie, dass er recht hatte. Es war ihr im Augenblick unangenehm, ihm unter die Augen zu treten. So eilte sie von dannen. Auf ihrem Wege in den Klosterinnenhof lief sie zwei jüngeren Nonnen über den Weg, denen sie befahl mitzukommen.

Gemeinsam brachten sie ein großes gefülltes Fass mit Regenwasser, sowie ein Leintuch mit sich. Keuchend schleppten die Schwestern es mühsam in den Raum, stellten es dort ab und positionierten es an der von Heynrich gewünschten Stelle. Martha nahm die beiden Schwestern mit sich nach draußen, schickte eine von ihnen nach einem Sack Kohle und trug gemeinsam mit der anderen eine windschiefe Bank aus einer Abstellkammer herbei.

Hedwig nahm den Sack mit Kohle entgegen, schüttete den Inhalt in das Feuerbecken und entfachte ein lustig prasselndes Feuer darin, das sich bald zur Glut senkte.

In der Zeit des geschäftigen Treibens beobachtete Heynrich Agnes und Prudence. Er hatte wohl mitbekommen, dass Prudence im Moment seines Eintretens der Wollust unterlegen war und überlegte, wie er dieses Wissen gezielt einzusetzen vermochte.

„Mutter Oberin, Schwester Martha, ihr bleibt! Ihr anderen – wartet draußen!"

Prudence wie Agnes erahnten, was der Mönch zu planen schien. Angst spiegelte sich in ihren Gesichtern bei den Vorbereitungen wieder.

Sich dem Kohlebecken zuwendend, griff Heynrich in sein Habit und holte ein handliches Lederbeutelchen daraus hervor. Ein paar der Körner entnehmend ließ er diese auf die Kohlen fallen. Binnen weniger Atemzüge erfüllte reinster Weihrauchduft den Raum. Verwendung fand dieser Weihrauch sonst nur bei Hochmessen.

Über der Glut das Kreuzzeichen verrichtend, proklamierte Heynrich: „Ab illobenedicaris, in cuius honore cremaberis, Amen."

In direktem Anschluss daran wandte er sich dem Fass mit Wasser zu. Auf dem Transport in die Kammer blieben einige Wasserspuren auf dem Boden zurück. Lauwarm war das Wasser, als er es auf die Temperatur hin überprüfte.

Gewiss brachte eiskaltes Wasser effizientere, weitaus raschere Ergebnisse mit sich, jedoch auch mit lauwarmem Wasser ließ sich manches anfangen. Insbesondere, wenn dies lediglich den Kopf betraf und der Rest des Körpers in angemessen, temperiertem Umfeld ruhte.

Wie oft er dafür Kerzen herangezogen hatte, um den Raum in eine angemessene Temperatur zu versetzen, ohne, selbst ins Schwitzen zu kommen, vermochte er nicht mehr zu zählen.

Der Weihrauchduft versetzte die Äbtissin in eine eigene Stimmung, friedlich, harmonisch, gottgefällig ... beinahe verlor sie sich darin. Sie schüttelte den Kopf, ein klarer Verstand war notwendig.

Aus der Regentonne holte sie einen Schöpfer und reichte diesen Heynrich, bevor sie sich erneut zurückzog.

Schwester Martha trat ebenso an ihn heran. „Wünscht Ihr, dass ich die Gerätschaften für das Feuer hole, Vater?"

Fragend blickte sie ihn an. Ein weiteres Mal würde es keine Verletzung seiner Vorgaben geben, das hatte sie sich selbst vorgenommen.

„Gleich, Schwester. Gleich. Zuerst lasst mich das Wasser segnen. Bringt überdies etwas Salz, auf dass wir die Wirkung gegen das Böse verstärken."

Zu Prudence und Agnes gewandt verlor sich die Gutmütigkeit in seiner Stimme und machte Strenge Platz. Mit scharfem Blick in Richtung der beiden Nonnen befahl er: „Ihr beiden, entkleidet euch!"

Noch während er sich den beiden zugewandt hatte, eilte Schwester Martha dienstbeflissen davon.

„Salz, mein Herr Mönch braucht Salz ..."

Leise hatte sie eine fröhliche Melodie angestimmt, die sie den ganzen Weg in Richtung Küche summte. Im Speiseraum roch es nach wie vor nach Eintopf und erkalteter Asche. Sie überlegte nicht lange, griff nach einem großen Holzbecher und füllte ihn bis zum Rand mit Salz. Darüber schlug sie ein Tuch und eilte damit zurück zum Mönch in die Strafkammer.

Während Heynrich sich erneut mit einem stillen Gebet wappnend, dem Kreuz zuwandte, beobachtete die Äbtissin schweigend, wie die beiden Schwestern seiner Forderung nachkamen und ihre Kleidung ablegten. Die schlanken Körper betrachtend, auf denen sich so manche Geißelspur fand, spürte Hedwig etwas an ihrer Scham, das sie seit langem nicht mehr gefühlt hatte.

Intuitiv wollte sie nach ihrer eigenen Geißel eilen, das pochenden Gefühl zwischen den Schenkeln niederprügelnd und beherrschend. Und doch hielt sie sich zurück, auf ihr Versprechen dem Mönch gegenüber vertrauend. Ließ gewähren, wie der sachte Hauch einer Berührung, unsichtbar, zärtlich beinahe, wie es weiter nach oben zu ihrer Bauchdecke ging – den Brustkorb hinauf bis zum Hals. Sanfte, liebkosende Berührungen, ein inexistenter Schatten. Etwas schien hinter ihr zu stehen, atmete in ihren Nacken und berührte sie an der Schulter. Es lullte sie ein, vernebelte ihre Gedanken.

Nie zuvor in einer derartigen Weise berührt, ließ sich die Mutter Oberin beinahe fallen, kämpfte gegen den Schatten, der sie in seinen Bann zog. Sie setzte zum Gebete an, gleichwohl fehlten ihr die Worte.

Einen Moment, bevor sie sich völlig verlor, brachte sie nur noch ein Wort heraus:
„Vater ... !"

Mitten im Gebet hatte Heynrich Ansätze dieser Präsenz wahrgenommen und wie sie versuchte, ihren Einfluss auszuweiten. Er drehte sich zu Hedwig um und sah, wie sie ihre Augen geschlossen, die Hände zum Gebet gefaltet, zitterte und ein leises, unausgesprochenes Flehen auf den Lippen trug.

Sie war stark, jedoch nicht stark genug, um einer derartigen Präsenz alleine widerstehen zu können. Ein simpel zu knackendes Weib, wenn die richtige Stelle angesprochen wurde. Selbst die im Glauben Starken vermochten in einer schwachen Stunde zu erliegen.

„Mutter Oberin, achtet auf Euren Geist!"
„Vater ... ich kann nicht ... beten."

Raschen Schrittes war er bei ihr, packte ihre linke Schulter und hob ihr Kinn.

„Mutter Oberin, es ist wichtig, dass Ihr bei uns bleibt! Das Böse sucht Euch als neues Gefäß zu füllen. Widersteht!"
„... bitte ..."

Er zog das Kreuzzeichen über sie und begann mit einem Gebet. Mehrmals beginnend, bis sie darauf einstieg und das, was sich in ihr befunden hatte, aus ihr entströmte. Klagendes, jammerndes Geräusch trug sich in ihrem Ohr und sanfte, streichelnde Hände wandelten sich zu Krallenfinger, die sie peinigten.

Keuchend brach sie unter seinen Händen zusammen. Widerstreitende Gefühle kämpften in ihr. Heynrich drückte ihr das Kreuz ihres eigenen Rosenkranzes in die Hände und befahl ihr, weiter im Gebet zu verharren. Erfahrungen dieser Art veränderten selbst die stärksten Gläubigen, ließen sie vom Pfad abweichen oder im Glauben erstarken.

Als Martha erneut zurückkam und ihm den Becher mit Salz reichte, blickte sie erstaunt auf die am Boden hockende Äbtissin. Heynrich nahm ihr den Becher ab und bedeutete ihr, sie möge bei Hedwig bleiben.

Salz wie Wassern segnend, goss er den Inhalt des Bechers in die Regentonne.

Schweigend standen Prudence und Agnes bar jeglicher Kleidung im Raum. Die beiden Frauen versuchten zwar, ihre Scham mit den Händen zu bedecken, die fehlende Schambehaarung brachte sie beide in Verlegenheit. Wo Prudence peinlich berührt mit hochrotem Kopf zu Boden blickte und die Augen geschlossen hielt, wagte es Agnes doch mitunter zu ihm aufzusehen und sich seines Anblickes zu erinnern.

„Schwester Prudence, leg dich mit dem Rücken auf die Bank! Schwester Agnes, zur Leiter und zwar mit dem Gesicht zu mir!"

Angst stand in ihren Gesichtern geschrieben. Widerworte wagten beide nicht.

„Schwester Martha, bindet beide fest und legt die Zangen in die Glut!"

Gehorsam folgte Martha seinen Vorgaben und begann mit den Zangen, wohl wissend, dass Metall eine gewisse Zeit benötigte, um ausreichend Hitze aufzunehmen.

Heynrich indes beobachtete Hedwig. Diese wirkte verdattert und überrascht über sich selbst, gleichwohl mit dem Wissen gesegnet, dass ihr Hilferuf zur rechten Zeit Heynrich erreicht hatte. Sie wirkte peinlich berührt und ein dezenter, roter Schimmer überzog ihre Gesichtshaut, sie schämte sich dafür, dass sie sich vor ihm derart hatte gehen lassen. Ehrlich empfundene Scham war ein gutes Zeichen, mit dem Wissen für die Zukunft, wo Vorsicht zu walten hatte.

Es rächte sich, dass sie sich mit der Reparatur der Bank dermaßen lange Zeit gelassen hatten. Leicht wackelnd, zu einer Seite niedriger geneigt, hätte sie längst repariert gehört. Rüde drückte Martha Prudence auf die Bank, mit dem Kopf zur niedrigeren Seite hin. Sie packte ihre Handgelenke unter die Bank und fesselte sie in dieser Haltung. Gleichermaßen schlang sie Schnüre um Knöchel, Knie, Hüfte, Schulter und Achseln, sodass der Nonne kaum Bewegungsspielraum verblieb. Zufrieden nickend wandte sie sich Agnes zu, die bei der Leiter wartete.

Mit ähnlicher Kraft zog sie bei Agnes die Schnüre fest, darauf achtend, dass die Fußknöchel an den Seiten fixiert waren, sodass sie mit leicht gespreizten Beinen an der Leiter zu stehen gezwungen war. Die Hände fixierte sie hinter dieser und schlang weitere Seile um Hüfte und unter den Achseln hindurch.

„Bedeckt nun Schwester Prudence mit dem Tuch und übergießt sie mit dem geweihten Wasser, bis es durchtränkt ist!"

Mit diesen Worten übergab er die Kelle an die Mutter Oberin und wandte sich Schwester Martha zu.

„Aus Schwester Agnes werden wir die Wollust vertreiben. Mit Schmerz! Wenn es sein muss, mit Feuer!"

Bevor sich Heynrich an die Arbeit machte, streifte er das Oberteil seiner Kutte herunter und griff nach einer Geißel. Agnes riss die Augen auf und auch die Mutter Oberin warf ihm für einen Moment einen seltsamen Blick zu, bevor sie zu Boden sah.

„Wohl werde ich die ersten Hiebe führen, auf Brust und Oberschenkel, jeweils 12 ..."

Agnes schauderte, nicht wegen der Schläge, die sie erwarteten, sondern weil sein halb entblößter Anblick eine zusätzliche Folter für sie darstellte und er genau wusste, wie sie auf ihn reagierte.

Etwas in ihrem Unterleib regte sich beim Muskelspiel seines Oberkörpers, wie er die Geißel in Händen hielt und abwog. Mehrmals blickte er zu Agnes, dann wieder zur Geißel und dann erneut zu ihr zurück. Zittern ergriff ihren Körper, einem sanften Beben gleich, noch weit vor dem ersten Hieb.

Die ersten Schläge brachten sie zum Schreien. Jeder davon kräftiger als der vorherige, hinterließ rote Striemen auf ihrer zarten, weißen Haut. Einzelne davon trafen ihre Brustwarzen, was sie jedes Mal in die Knie gehen ließ, soweit die Fesselung dies gestattete.

Im Gegensatz zu seiner Vermutung schenkte der Schmerz keinerlei Läuterung, sondern lockte vielmehr ein Brennen in ihrem Schoß hervor, das sie in dieser Weise nie zuvor gefühlt hatte.

Zwischen den einzelnen Schlägen hatte Agnes den Eindruck, er würde sie musternd ansehen, herausfordernd. Stolz verbot ihr im Herzen einzugestehen, was sie nicht eingestehen wollte, geschweige denn konnte. Etwas in ihr wollte dem Mönch nach wie vor gefallen – mehr denn je.

Ein sanftes Lächeln der Erinnerung brach sich Bahn, was Heynrich durchaus wahrnahm.

„Die ersten 12! Schwester Martha, lasset es nicht am frommen Eifer mangeln – die Gerte für die Unterschenkel, auf dass sie Buße tue."

Enttäuschung trat in ihren Blick, als sie den Wechsel erkannte. Beherzt griff die alte Nonne zu, nahm sein Nicken als Aufforderung und schlug zu. Beißend zog sich der Schmerz jedes Schlages über ihre Oberschenkel und hinein in ihre Glieder.

Die Augen hielt sie geschlossen, stellte sich vor, es wäre Heynrich, der sie schlüge, was ihre Wollust erneut entfachte. Sie erinnerte sich nur allzugut jenes Muskelspieles, das sie überhaupt erst in dieses Kloster gebracht hatte. Wie sie einen der Pferdeknechte bei seinem Handwerk aus ihrem Zimmer heraus beobachtet hatte, ihm Essen brachte und sich mit ihm unterhielt über Gott und die Welt.

Sie dann vor ihm stand, mit zitternden Händen und nicht recht wusste, was sie tun sollte. Wie er ihre Hand nahm, sie an die Stallwand drückte und ihr den Rock hochschob, um leichter Zugang zu finden.

Nach dem letzten Schlag seufzte sie auf und atmete tief ein, warf einen Blick auf den Mönch, dessen nackte Haut im Kerzenlicht schimmerte.

Prudence lag unter dem inzwischen tropfnassen Tuch.

Heynrich trat an sie heran, kniete sich zu ihr hinab, sodass er ihr ins Ohr zu flüstern vermochte: „Tochter, entsage dem Übel! Hier und jetzt, auf dass ich deine Seele zu retten vermag."

Prudence bibberte, die Kühle unter dem Leintuch brachte sie zum Frösteln. Dennoch fühlte sie sich so sicherer und besser aufgehoben, als wenn sie bar jeglicher Kleidung läge. Sie versuchte zwar, im Gebet zu versinken, doch es misslang.

Heynrich, der die Kelle übernommen hatte und kräftig Wasser über ihren Kopf schüttete, erkannte bald, dass er auf diesem Wege nicht weiterkommen würde. Zwar überlegte er kurz, ob er ihr nicht Wasser zusätzlich einflössen sollte, wie es manche andere Inquisitoren gerne taten, doch erschien ihm dieser Weg im Augenblick nicht hilfreich.

Prudence spuckte und hustete zwar gründlich, gab sich jedoch kaum beeindruckt.

Ihre Reaktion erstaunte ihn, die meisten der Angeklagten, mit denen er bislang in diesem Kontext zu tun hatte, gebärdeten sich wie die Irren, nur um dem Wasser zu entkommen. Schwester Prudence schien sich ins Gebet geflüchtet zu haben. Die meisten Angeklagten glaubten nicht an den Schutz durch den Herrn. Bei ihr würde er demzufolge andere Seiten aufziehen müssen und beugte sich zum Fußende der Bank vor.

Mit einem kräftigen Ruck hob er es hoch und platzierte es auf dem Tisch, wodurch Prudence in eine für sie unangenehme Schräglage kam.

Dann griff er zum Fußende des Lakens und faltete es nach oben, Kopf und Oberkörper doppelt bedeckend, ab der Hüfte abwärts bloß. Die Feuchtigkeit des Wassers lag noch auf ihrer Haut und überzog sie mit Gänsehaut. Das Feuerbecken strahlte zwar Wärme aus, doch brauchte es Zeit, um die Haut zu trocknen. Heynrich reichte die Kelle an die Äbtissin zurück und kniete sich erneut zum Kopfende der Bank.

„Vielleicht mein Kind, brauchen wir bei dir Feuer und nicht Wasser. Du weißt, das Kohlebecken ..."

Unausgesprochen ließ er die Worte im Raum stehen und erhob sich wieder. Versuchte sie etwa, sich aus ihren Fesseln zu befreien? Innerlich trug er ein Lächeln auf den Lippen, die Vorstellungen im Kopf waren oftmals die beste Hilfestellung sondergleichen.

Erneut wandte er sich der Mutter Oberin zu und meinte: „Fahrt fort, Wasser über ihr Gesicht zu gießen, bevor wir mit dem Feuer beginnen!"

Trat dann erneut zu Agnes zurück und stellte fest, dass Martha die Züchtigung weisungsgemäß beendet hatte.

„Schwester Martha, prüft, ob sich Wollust in ihr regt!"

Diese nickte ihm zu, griff nach einer der Kerzen und hielt sie an Agnes Scham, weit genug weg, um sie nicht zu brennen.

„Vater, seht selbst!"

Dabei zog sie die äußeren Schamlippen der jungen Frau auseinander. Innere Schamlippen wie Klitoris waren deutlich geschwollen und die Feuchtigkeit schimmerte im Kerzenlicht wieder. Peinlich berührt ob des festen Griffs der älteren Nonne hielt Agnes ihren Blick auf den Mönch gerichtet und stellte sich vor, er würde sie berühren, statt der alten Betschwester.

„Wollüstiges Weib. So wird dir die Geißel die Sünde austreiben!"

Ruhig erklang seine Stimme, bestimmt der Tonfall darin. Erneut wandte er sich Schwester Martha zu.

„25 Hiebe mit der Gerte, auf die Stelle der Wollust! Und zielt mir genau!"

Darauf vertrauend, dass die Nonne seine Vorgaben zur vollsten Zufriedenheit erfüllte, drehte er sich zu Prudence um und bedeutete der Äbtissin, sie möge kurz innehalten.

„Tochter, vertreibe das Übel aus dir!"

Beobachtete dabei aufs Genaueste ihre Reaktion auf seine Worte.

Prudence litt weitaus weniger unter dem nassen Tuch, das ihr das Atmen erschwerte, als vielmehr unter ihre Nacktheit, die sie einer Peinlichkeit aussetzte, welche ihr schwer zu schaffen machte. Die Fesselung und die weggebrannten Haare verhinderten, dass sie ihre Weiblichkeit zur Gänze zu verbergen vermochte. Ihr Kampf um Sauerstoff sorgte dafür, dass sie vor Scham nicht den Verstand verlor. Leises Schluchzen erklang unter dem Tuch hervor.

Während die Äbtissin sie weiter mit Wasser übergoss und dafür betete, dass Heynrichs Segen die Erlösung bringen mochte, überzog Prudence eine Gänsehaut aus Scham und Prüderie. Zitternd unter dem Tuch liegend, erschien es ihr, als spürte sie eine Berührung an der Innenseite des rechten Schenkels. Sachte kroch sie kaum wahrnehmbar nach oben, bis sie an der Blüte ihrer Weiblichkeit angelangt war und sie dort verharrend zu streicheln begann.

Unter dem Tuch erklang Schluchzen und unverständliche Worte. Prudence flüchtete sich, wie so oft, in ein Gebet, zog und zerrte gleichzeitig an den Fesseln.

Vereinzelte, lateinische Worte, Gebeten entsprungen, setzten sich in Heynrichs Gehör fest. Einer Interrogatio Unterzogene, vor allem Angehörige des geistlichen Standes, flüchteten gar häufig ins Lateinische. Zumeist waren es Gebete, die sie sprachen, unabhängig davon, ob sie daran glaubten oder nicht.

Im Hintergrund ließ Martha Schwester Agnes unter den Schlägen tanzen. Zappelnd versuchte Agnes, den Hieben auszuweichen, was durch die Fesselung jedoch misslang. Der letzte Schlag saß besonders gut, ein gezielter, kräftiger Treffer direkt auf die Klitoris, der Agnes eine Schmerzwelle sondergleichen durch den Leib schickte. Sie verlor das Bewusstsein.

Schwester Martha betrachtete die junge Nonne, die in den Fesseln zusammengesackt hing. Sie atmete noch. Zufrieden stellte sich die alte Frau neben die Gefesselte und wartete auf weitere Vorgaben des Mönches. Dieser warf nur einen kurzen Blick zu ihnen und bedeutete Martha, sich in Geduld zu üben, bevor er seine Aufmerksamkeit erneut auf Prudence lenkte.

„Tochter, widersage dem Bösen!"

Prustend und spuckend wand sich Prudence unter den Fesseln, zog die Stricke enger, als sie ohnehin gebunden war. Jene Momente, in denen Wasser nachgeschöpft wurde, sog sie Sauerstoff in ihre Lungen, so gut dies unter dem Tuch möglich war.

Weitaus schlimmer jedoch empfand sie die Berührungen zwischen ihren Schenkeln, die sich nach wie vor zu verstärken schienen und an ihrer Wollust schraubten. Wollüstig hieß ihr Körper diese Berührungen willkommen, bis etwas in sie eindrang und Prudence einen spitzen Schrei ausstoßen ließ in einem Moment, in dem ein Schwall Wasser ihr Gesicht traf.

Die Stöße in ihrem Unterleib schickten Hitze nach oben, brennend wie Feuer und sengend wie erbarmungslose Gluthitze eines heißen Sommertages.

Aufmerksam beobachtete Heynrich die Nonne auf der Bank, wie sie sich unter dem Laken wand. Sein Werk betrachtend, überprüfte er erneut die Fesselungen und nickte der Äbtissin zu. „Fahrt fort! Ich kann spüren, wie sie kämpft."

Im Anschluss daran trat Heynrich erneut zu Agnes und weckte diese mit ein paar wohldosierten Ohrfeigen. Prüfend trat er ein paar Schritte zurück und betrachtete sie von oben bis unten. In den Fesseln hängend wirkte sie, als fehlte ihr die Kraft zu stehen. Ihre Glieder zitterten. Spuren der Schläge zierten ihren Körper von oben bis unten, einige von ihnen bluteten leicht.

Ihren Kopf hebend, schimmerte ein flehentliches Bitten hindurch – unterstrichen von einem Funkeln, das er nicht so recht zuzuordnen vermochte, bis er genauer hinsah.

Trotz der Angst, die sie verspürte, vermochte sie nicht den Blick von ihm abzuwenden. Schweigend ließ sie ihn nicht aus den Augen und spürte ein Verlangen in sich aufziehen, das die Schmerzen der Züchtigung beinahe einem Versprechen gleichsetzten.

Prüfend betrachtete er ihr Gesicht, sah ihre Augen genauer an, hob das Kinn, das unter seiner Berührung leicht zu zittern begann und griff ihr vollends überraschend zwischen die Beine, den angerichteten Schaden begutachtend. Auf ein leises Stöhnen und rascheres Atmen ihrerseits reagierend, nahm er ihre Klitoris zwischen zwei Finger und drückte kräftig zu, quetschte sie hart zusammen. Kraft lag darin. Agnes unterdrückte einen Schrei, stand kurz davor zu kommen, doch schon ließ er wieder los.

„Bitte ..."

Dieses eine, winzige Wort bewusst ignorierend, griff er nach der Gerte, nahm sie Martha aus der Hand.

„Nun werde ich wohl selbst die Gerte schwingen müssen!"

Undefinierbar der Klang und Unterton in seiner Stimme, bevor er ausholte.

Als die Hiebe ihre Oberschenkel trafen und darauf ihre Spuren zogen, schrie sie erneut auf, vor Schmerz und nicht vor Lust. Kräftiger als Schwester Martha zuschlagend, trug sie doch süße Begierde nach mehr, trug sie von einer Lustwelle zur nächsten und weckten ein Begehren in ihr, das mehr forderte und die wahre Wollust dahinter nicht länger zu verbergen vermochte.

Erneut zog Heynrich die Schläge auf ihre Schamlippen und ließ sie darauf klatschen. Bei jedem einzelnen Schlag jaulte Agnes auf. Schmerz zog sich durch ihren Leib und wurde zur Lust, vermengte sich inniglich. Mit leichtem Erstaunen nahm

Heynrich ihre Reaktion zur Kenntnis. Derartiges war ihm in seiner bisherigen Laufbahn nur höchst selten untergekommen.

Erschöpft sank sie nach jedem einzelnen Schlag in ihren Fesseln zusammen. Nach dem vierten Schlag, heftig von unten geführt, warf er die Gerte beiseite und griff nach einer dicken Kerze. Ein Geschenk eines edlen Gönners, das er in Händen hielt, teuer im Material, liebevoll verziert und vom letzten Geld des Schenkenden bezahlt.

Die Kerze betrachtend, drehte er sie und überlegte. Trat nahe an Agnes heran und hielt sie ihr vor die immer größer werdenden Augen. In ihrem Kopf drehten sich Welten und schlugen sich Emotionen. Ein rascher Griff in ihren Nacken, nach wie vor die Kerze auf ihrer Augenhöhe haltend, war er ihr dermaßen nahe, dass sie seinen Atem an ihrem rechten Ohr fühlte.

Flüsternd, kaum hörbar, meinte er zu ihr: „Sollten wir dich nicht von der Wollust heilen können, so werden wir dir das Instrument der Wollust vernichten!"

Der Moment, in dem sie seine Worte realisierte, riss sie die Augen weit auf und spürte gleichzeitig die Hitze der Kerzenflamme an ihrer Scham. Gleichwohl sich diese Hitze im Vergleich zu den Schlägen zahm verhielt, tobte ein Sturm der Ängste in ihr. Sie zog und zerrte an den Fesseln, suchte sich zu befreien, nur um sich vor ihm auf die Knie zu werfen, und um Gnade zu flehen.

„Vater ... bitte ..."

Heynrich schüttelte den Kopf, für Späße war er nicht aufgelegt. Bückte sich nach der Gerte und ließ sie mehrmals hart zwischen die Schamlippen klatschen, um die Wachsreste von ihrem Körper zu schlagen. Was er in ihrem Gesicht sehen und aus ihrem Mund hören wollte, geschah nicht, bestätigte jedoch seine Vermutung.

„Nun gut!"

Heynrich griff nach einer Maulbirne und tauchte sie in das Weihwasser.
„Mali exige!"

Mit diesen Worten der Segnung trat er hinter sie und schob ihr die Maulbirne in den Anus. In ihren Fesseln hatte sie keine Chance, dem Ganzen zu entkommen, und war gezwungen hinzunehmen, was er tat. Ohne Zögern drehte er die Schraube auf, bis sie vor Schmerz aufschrie.

„Vater ... bitte ..."
„Wollust hat er in dich gepflanzt. Wollust werden wir dir wieder austreiben!"

Noch war es nicht an der Zeit letale Verletzungen herbeizuführen. So drehte er sie nur leicht auf, ließ die Birne los und legte seine Hand erneut in ihren Nacken. Obwohl Agnes sich darum bemühte nicht zu schreien, kam er nicht umhin ihr Zittern zu bemerken. Sie wusste selbst nicht, ob es lustvoll oder schmerzhaft war. Jenes eine Mal, als der Pferdeknecht sie an dieser Stelle packte und nahm, sie zum Kommen brachte, war es die pure Lust, die sie dabei empfunden hatte. Etwas Ähnliches hatte sie danach nie mehr gefühlt. Über Augenblicke hinweg spürte er den Nachklang dieses Zitterns und Bebens in ihrem Leib.

„Du wirst diesen Körper nicht mehr länger besitzen, Dämon. Eher geht sie ins Himmelreich ein!"

Nach wie vor hinter ihr stehend, flüsterte er ihr diese Worte zu, sodass auch der Dämon sie zu hören vermochte. Schweigend trat er von ihr zurück und ließ die Worte in ihrem Innersten sickern.

Seine Schritte führten zur Äbtissin. Er nahm ihr die Kelle aus der Hand und bedeutete ihr, Platz zu machen.

Unter dem nassen Tuch liegend, prustete Prudence nach wie vor, bis jegliche Kraft sie verließ. Erschöpft lag sie auf der Bank und weinte. Unter dem Linnen erklang Prudences Stimme, leise, flehentlich, mit einer unterschwellig, mitschwingenden Angst. Diesen Ton hörte er oft bei Befragungen. Selbst das Schamgefühl hatte diese Angst inzwischen hinweg gespült, in jenem Moment, als sie zu ertrinken glaubte. Ihre Grenzen der Erträglichkeit waren weit überschritten und doch betete sie nach wie vor.

Diese Anzeichen waren ihm bekannt von früheren Fällen. Erneut wollte er aus dem Fass schöpfen, als er aus dem Augenwinkel heraus, eine Reflexion auf der Wasseroberfläche sah. Einen Schatten hinter ihm, eine Gestalt, die Agnes zu umgarnen schien.

„Jetzt haben wir dich!" dachte Heynrich bei sich, als der den Schemen wahrnahm und in der Spiegelung die Gestalt beobachtete, wie sie Agnes streichelte, liebkoste und ihr zärtliche Worte ins Ohr flüsterte.

Laut und kräftig, bestimmend, proklamierte Heynrich:

„Der Dämon wird euch beide verlassen und wenn ihr beide dafür vor das himmlische Gericht treten müsst! Entsage dem Dämon, Tochter!"

Erneut goss er eine Kelle Wasser über ihr Gesicht und wandte sich gleich darauf an Martha.

„Schwester Martha, glühen die Zangen rot?"
„Ja, Vater!"

Prustend und spuckend versuchte in der Zwischenzeit Prudence das Gesicht vom Tuch freizubekommen. Kaum verständliche Worte sprechend, bis er sich zu ihr kniete und zuhörte.

„ .... bitte ... lasst mich frei ... ich flehe Euch an ..."

Leise sprechend, erklang Erschöpfung durch den Kampf durch.

„ ... bitte ... der Schatten ..."

Spitz stachen die Strohhalme in ihre Knie und die Unterschenkel, sanft die Berührungen an der Schulter. Weiche Hände schälten ihr das Kleid vom Körper, öffnete ihr Mieder und ihr heiße Atemzüge im Nacken erzählten von Leidenschaft.
Wie leicht hatte sie es geschehen lassen, dass dieser Fremde sie an sich zog. Ein paar freundliche Worte, ein freundliches Lächeln und Augen, denen sie nicht widerstehen konnte.
Dabei vergessend, dass sie eigentlich bereits versprochen war, saß sie vor ihm im Stroh und genoss seine Berührungen, die sie buchstäblich in ein Paradies schickten.
Sie spürte, wie seine Finger ihren Körper berührten und sich ihre Schenkel für ihn öffneten.
„Die Jungfräulichkeit lasse ich dir ... alles andere gehört mir! Bist du damit einverstanden?"
Kirre im Kopf realisierte sie nicht, dass sie ein leises Ja hauchte, wollte ihn einfach nur spüren und von ihm berührt werden.
Einen Augenblick später, nach ihrem Zustimmen, spürte

sie, wie er sie von hinten nahm, sein Gemächt in ihren Anus eindrang und sie hochhob, sodass sie auf ihm zu sitzen kam. Es fiel ihm leicht, mit seiner Erfahrung ihre Klitoris zu finden und sie dort zu stimulieren, bis sie in einem Höhepunkt explodierte.*

"Verweigere dich ihm, Tochter, verbanne ihn aus deiner Seele!"

Unter dem Tuch erklang leises Schluchzen.

„Dem hab ich nie zugestimmt ... niemals!"

Prudence weinte, etwas an dieser Erinnerung stimmte nicht.

„Helft mir! Bitte!"
„Vertreiben musst du ihn selbst, Tochter. Schick ihn hinfort, weg aus deiner Seele, wie einst der Erzengel die Sünder aus dem Paradies!"
„Vater, steht mir bei!"

Heynrich drückte sein Kreuz auf ihre Brust, hielt es dort fest, sie zu unterstützen im Glauben.

Laut aufschreiend, nur durch das Tuch gedämpft, wünschte sie sich, es möge ihr endlich jemand vom Gesicht ziehen. Gellend erklang ein Schrei aus ihrer Lunge, die Fingernägel waren knapp davor zu brechen, so kräftig krallte sie sie in das Holz der Bank.

„Entschwinde aus mir! Verschwinde endlich! Du hast keine Macht über mich! Ich befehle mich in die Hände des Herrn!"

Heulend brach sie in Tränen aus, aufgelöst und doch war etwas anders in ihr. Zitternd lag sie auf der Bank, Ruhe kehrte in ihr Herz ein.

Heynrich nahm das Kreuz von ihrem Körper, hob das Tuch beiseite und blickte prüfend in die Augen der Nonne, bevor er die Bank auf den Boden zurückstellte und ihre Fesseln löste.

„Du bist gereinigt, Tochter. Nun bekleide dich und danke dem Herrn!"

In Tränen aufgelöst hockte Prudence auf der Bank, die Beine angezogen und das nasse Tuch um ihren Körper geschlungen. Die Fesseln der Scham würden wiederkommen, doch im Moment war es das Letzte, worüber sie sich Gedanke machte. Tränen rannen ihre Wangen hinab, die genauso gut Wasser aus der Regentonne zu sein vermochten.

Zitternd die Arme um sich geschlungen, fühlte sie die schützenden Arme der Äbtissin an ihren Schultern, die sie hochzogen, ihr das nasse Tuch vom Leib zogen und ihr die Tunica überstreiften. Tröstend zog sie ihre junge Schwester hoch und nahm sie in den Arm. Weinend lehnte sie sich an die Mutter Oberin. Trost konnte sie im Augenblick gut gebrauchen.

Lächelnd betrachtete Heynrich die beiden. Hier war sein Werk beendet. Eine weitere Aufgabe stand ihm noch bevor. So trat er erneut zu Agnes, deren Fesseln sie nach wie vor an die Leiter banden und in deren Hinterteil die Birne steckte.

Wie Prudence erbebte auch sie unter der Erinnerung an den Pferdeknecht. Ihre Gedanken und die Erinnerung ihres Körpers ließ sie nach wie vor die Hand und den Schwanz des Pferdeknechtes in sich spüren. Gleichwohl sie diese Erinnerung wie einen Edelstein in ihrem Herzen über all die Zeit bewahrt hatte. Trotz der damit verbundenen Ergebnisse erinnerte sie sich gern an diesen Moment ihres Lebens. Verstieß sie gegen den 13. Aspekt, erinnerte sich Agnes gern daran, wie sie von ihm genommen wurde.

Ein Funke dieser Erinnerung schimmerte in Heynrichs Kopf auf und selbst Martha und Hedwig fühlten die Intensität der Erinnerung, wie sich Agnes vom Pferdeknecht einst ficken ließ.

Agnes vermochte die Emotionen und Gefühle in sich, nicht mehr zu kontrollieren, sondern gab sich ihnen hin. Etwas in ihr wand sich, regte sich und kämpfte um seinen Platz in der Nonne.

Heynrich wusste, er fand sich nahe am Ziel, trat hinter Agnes, drehte die Birne ausreichend zurück, zog sie aus ihr heraus und legte sie auf ihren ursprünglichen Platz.

Aufjaulend sackte Agnes darauf in sich zusammen. Nach wie vor wanderten ihre Augen von seinem nackten, schweißgetränkten Oberkörper zu seinen Augen und wieder zurück. In ihr brodelte es, verlangte nach ihm und ihr Begehren ihm gegenüber verstärkte sich umso mehr, je länger sie ihn betrachtete.

„Bitte, Vater, nehmt mich ab. Meine Arme ..."

Die Schmerzen der Schläge schienen wie verflogen, nur die Erschöpfung war ihr anzusehen.

„Vater, ich bitte Euch ..."

„Tochter, befreie auch du dich von der Wollust und schicke den Dämon hinfort. Andernfalls ..."

Unausgesprochen deutete Heynrich auf das Kohlebecken, in dem die Zangen hellrot glühten.

„... zum Wohle deiner Seele ..."

Ernst sah er ihr in die Augen, Eiseskälte durchfuhr sie.

„... die Quelle deiner Lust kann ich dir nehmen, dich von ihr befreien!"

Der Hauch der Wollust, den Agnes verspürte, schob sich wie ein kaum wahrnehmbarer Schleier über sein Herz, begleitet von Kopfschmerz. Eine sanfte Berührung im Nacken verursachte Gänsehaut. Dienstbeflissen stand Martha beim Kohlebecken und wartete auf einen Wink des Mönches, bereit, auf seinen Wunsch hin, ihrer Aufgabe nachzukommen.

„Vater ... bitte ... lasst mich gehen ... Dies Kloster hier ..."

Im Hintergrund trat die Äbtissin an ihn heran und schien ihm etwas reichen zu wollen, wie er aus den Augenwinkeln heraus wahrnahm.

Tief in seinem Innersten sammelte sich Heynrich, nach jener Kraft greifend, die er seit langem in sich fühlte und die es ihm ermöglichte, jene Wesenheiten im Dunklen wahrzunehmen und zu sehen. Er spürte die Gestalt, welche hinter ihm stand und ihn zu beeinflussen suchte.

„NEIN! Du wirst diesen Körper verlassen! Oder wir werden ihn im Namen des Herrn zerstören!"

Kraft lag in seinen Worten. Unbändige Kraft und ein Selbstvertrauen, wie es keine der Nonnen je zuvor erlebt hatte. Vertrauen in sich, seine Gaben und dem Göttlichen, dem er sich vor einer halben Ewigkeit anvertraut hatte und dem er nach wie vor diente.

In dieser Kraft lag die Stärke, jenen Hauch der Wollust aus seinen eigenen Gedanken zu verbannen. Er musste klaren Geistes sein um seiner Aufgabe gerecht zu werden.

Eine zärtliche Berührung glitt von seinen Schultern seinen Körper hinab. Liebkosende Hände berührten seinen

Brustkorb, kraulten die kräftigen Muskeln. Der zarte Hauch einer weiblichen Gestalt drückte sich an ihn. Sanfte Töne drangen einem Wispern gleich in sein Ohr, umschmeichelten ihn.

Es waren Zärtlichkeiten, die er in dieser Form, seit langer Zeit vergessen hatte. Er warf einen kurzen Blick auf die nackte Agnes, die nach wie vor in ihren Fesseln hing. Zuneigung zu ihr erstarkte in ihm und sorgte dafür, dass er sie für einen Moment als Mann wahrnahm und sich etwas in ihm regte, das gegen jegliches zölibatäre Versprechen verstieß. Eine Art der Zuneigung, die er zuletzt vor einer wahren Ewigkeit für ein weibliches Wesen empfunden hatte.

„Du willst mich nicht vertreiben, sieh sie an und horche in dich hinein ... du willst es doch genauso wie sie ... nimm sie, mach sie zu deinem Weib ..."

Schnurrend erklang die Stimme in seinem Ohr.

Jahre der Übung und der Erfahrung im Kampf gegen das Böse, ließen ihn rasch seinen Kopf klären. Die Stimme hatte keine Macht über ihn, aber sie hatte erreicht, dass er wusste, wo er anzusetzen hatte. Er warf einen Blick auf das, was ihm die Äbtissin gereicht hatte.

Zitternd hielt er das Päckchen in Händen und schlug das Tuch beiseite unter dem sich ein edler, kunstvoll verzierter Handspiegel befand. Filigrane Arbeit eines wahren Künstlers steckte in diesem Werk.

„Ihr Mitbringsel ..."

Heynrich drehte den Spiegel in seiner Hand und bewunderte die Arbeit. Er hatte eine Vermutung, die sich in dem Moment bestätigte, als er Agnes im Spiegelbild erblickte.

Da war er. Übermannsgroß. Das Gesicht verschwommen. Entschlossenheit trat in sein Antlitz. Von Neuem tauchten jene Empfindungen in seinem Herzen auf, die er zuvor verbannt geglaubt hatte. Erneut spürte er beginnende Zuneigung für die junge Frau, die einem Geistlichen nicht zustand. Allmählich entwickelte sich die ganze Sache zu einer persönlichen Angelegenheit. Er hatte etwas dagegen, wenn dieses Wesen ihn auf diese Weise zu beeinflussen suchte.

„Jetzt hab ich dich, Dämon. Im Spiegel gefunden, im Spiegel gebunden!"

Sein Kreuz auf das Abbild im Spiegel drückend, schritt Heynrich damit Richtung Kohlenpfanne.

Nach wie vor hielt er den Spiegel hoch und blickte auf Agnes, sah im Spiegelbild, wie sie sich in ihren Fesseln wand und nach Freiheit suchte.

Ein dezenter Schatten lag über dem Antlitz des Wesens, zu undeutlich, um es zu erkennen. Und doch schien es zu lachen, als es seine Hände über den Körper der jungen Frau gleiten ließ, die erneut unter der Wollust erschauerte. Gleichermaßen glitten unsichtbare Hände über seinen Körper, als wollten sie ihn verhöhnen.

Mit langen Nägeln zog es Spuren auf Agnes weicher Haut, die im Spiegelbild aufplatzten und die Heynrich im gleichen Ausmaß am eigenen Leib fühlte.

Gottgleiche Entschlossenheit zeigte sich in seinem Mienenspiel.

„Schwester Martha, die Zange! Im Namen des Herrn, brennet die Wollust aus!"

Ein unmerkliches Kopfnicken in seine Richtung zeigte ihm, dass sich Martha an seine Vorgabe wohl erinnerte. Langsam senkte sie die hellrot glühende Zange in Richtung der entblößten Scham ihrer Mitschwester.

Diese, die Hitze spürend, schrak aus ihrer Trance auf, ihre Augen weiteten sich.

"NEIN, bitte! Bitte nicht!!"

In diesem Moment löste sich der Hauch, den Heynrich spürte, als hätte der Dämon wahrlich Furcht davor, sein „Heim" zu verlieren. Die Augenblicke der Klarheit nutzend, trat Heynrich mit einer weiteren Zange neben Agnes und hielt ihr den Spiegel vor, sodass sich nur ihr Gesicht und das des Dämons darin spiegelte, und stieß mit der Zange zu. Agnes spürte die Gluthitze, wie sie an ihrer Schulter vorbei zum Spiegel gelangte. Im gleichen Moment senkte Schwester Martha ihre Zange.

Die glühende Zange auf Kreuz und Spiegel pressend, verschwand die Zange mitsamt dem Kreuz im Spiegel, als wäre es eine Wasseroberfläche und nicht mehr, in dem sie versank.

Alleine Heynrich sah, wie sich das mittlerweile glühende Kreuz ins Gesicht des Dämons presste.

Dieser riss sich schlagartig von Agnes los, die in ihre Fesseln hinein versank und deren Bewusstsein sich löste. Im gleichen Atemzuge entschwand auch von Heynrich jeglicher Hauch, den er von Seiten des Dämons verspürte.

Dafür blickten Heynrich zwei rot glühende Augen entgegen. Der Dämon, offensichtlich darum bemüht, vom Kreuz wegzukommen, blieb doch gefangen in seinen Bemühungen und vermochte sich lediglich hilflos zu winden.

„Exige Mali!"

Raschen Schrittes war Heynrich beim Weihwasserfass angelangt und tauchte Spiegel, Kreuz sowie Zange darin ein. Nach wie vor geweiht, verströmte es außerordentliche, geistliche Kräfte, die vielleicht gar Luzifer selbst zu zerstören in der Lage sein könnten. So fasste er den Dämon mit der Zange und zog daran.

Verständnislos sahen Martha und die Äbtissin zu, begriffen nicht, was hier geschah. Einem kurzen Schlag gleich, lösten sich die Finger seiner Hand vom Spiegel, der sachte im Weihwasserfass nach unten sank und auf dem Boden des Fasses landete.

Kraft lag in der Zange, wie er sie nach oben zu ziehen suchte, darum bemüht, sie nicht ebenfalls aus den Händen zu verlieren. Schrill erklang ein Schrei in seinen Ohren, wie er es in seiner ganzen Zeit als Inquisitor nur ein einziges Mal vernommen hatte.

Heynrich spürte, wie nur noch ein kurzer Ruck fehlt, um sein Ziel zu erreichen und den Dämon aus dem Spiegel mitten hinein in das Weihwasser zu ziehen. Nur noch wenig, sehr wenig, fehlte. Schrilles Schreien unterbrach die Stille des Raumes.

„Betet Schwestern, betet!"

So nahm er all seine Kraft zusammen, die Muskeln zum Zerreißen gespannt, zog er weiteres Mal so stark, wie es ihm möglich war, um dem Dämon den Garaus zu machen.

Gehorsam senkten sie die Köpfe und fielen in ein gemeinsames, inbrünstiges Gebet um ihn in seiner Aufgabe zu unterstützen. Nur Agnes, die wieder zu Bewusstsein gekommen war, starrte ihn mit leerem Blick an. Tränen in den

Augen, verlor sie erneut das Bewusstsein, als das schrille Schreien endete und sich in Stille verlor. Aus einem kräftigen Ruck wurde ein Griff ins Leere hinein, der Heynrich trotz seines sicheren Standes ins Wanken brachte.

Kurz sah er, wie der Dämon durch die Spiegeloberfläche brach, vom Weihwasser berührt, sich auflöste. Als er den Spiegel aus dem Wasser fischte, sah er nur noch das Kreuz als Abbild im Spiegel verbleibend. Wortlos griff er nach dem Spiegel am Boden des Wasserfasses und nahm ihn an sich.

Abschließend besprengte er die Anwesenden mit Weihwasser, weckte damit auch Agnes aus ihrer Bewusstlosigkeit.

„Bindet Schwester Agnes los. Meine Aufgabe hier ist erfüllt!"

Letzte Wellen klangen auf dem Wasser im Fass nach, beruhigten sich jedoch langsam wieder. Der Dämon war geschlagen. Doch selbst in einer gewonnenen Schlacht galt es, die Scherben aufzukehren.

Martha löste die Fesseln der jüngeren Mitschwester und reichte Heynrich ein Tuch, mit dem er sich den Schweiß vom Körper zu trocknen vermochte.

Kreidebleich und mit zitternden Beinen stand Agnes aufrecht, griff nach ihrer Kleidung und streifte diese über. Tränen standen ihr in den Augen und kullerten die Wangen hinab. Die Äbtissin trat zu Heynrich, fiel vor ihm auf die Knie, griff nach seiner Hand und küsste diese.

„Ich danke Euch Vater. Ich danke Euch sehr! Wie kann ich dafür Sorge tragen, dass Ihr für Eure Hilfe entschädigt werdet?"

Heynrich drehte sich um, nahm das Kreuz von der Wand und trat vor die Nonnen.

"Kniet nieder! Legt eure rechten Hände auf das Kreuz, und schwört bei ewiger Verdammnis eurer Seele, so ihr diesen Schwur brechet. Diese Geschehnisse sollten diesen Raum niemals verlassen! Ihr sahet Dinge, welche die Mutter Kirche vor den Sterblichen wohlweislich verbirgt, auf dass dem Aberglauben und dem Bösen keine Zuflucht gewähret werde."

Beim Schwören erkannte er deutlich die Verbitterung in Agnes Stimme, darüber würde er noch nachdenken. Müdigkeit zeigte sich in den Anwesenden. Verlorene Kraft, gottgefälligem Verhalten schuldig, konnten sie allesamt Ruhe vertragen.

Heynrich richtete seine Kleidung erneut, doch dieses Mal blickte Agnes offen durch ihn hindurch, nichts mehr, das sie zu faszinieren schien.

„Ruht euch aus, Schwestern. Ich werde dies ebenfalls tun. Es gibt einiges zu überdenken."
„Ich will Euch noch Speis und Trank bringen, bevor Ihr Euch zur Ruhe begebt, Vater!"

"Habt Dank, Mutter Oberin. Schon lange kämpfe ich mit den Menschen gegen die Saat des Bösen. Ein reichliches Mahl und Schlaf bis zur Prim, sind es, was ich nun benötige. Ihr habt heute die Macht der Dunkelheit mit eigenen Augen erlebt."

„Fürwahr."

So zog auch er sich in die ihm bereitgestellten Räumlichkeiten zurück. Bevor er sich zur Ruhe begab, wartete er nur noch auf die versprochenen Küchengüter.

Traumlos gestalteten sich die Stunden des Schlafes. Bald schon schimmerte morgendliches Tageslicht auf seine Ruhestatt und holten ihn aus dem Land der Träume. Der Kampf war hart gewesen, aber erfolgreich.

Es eilte nicht, zurückzukehren. So kleidete er sich an und trat in die kleine Kapelle zum Gebet. Vor ihm hatte bereits Hedwig den Weg hierher gefunden. Sie wirkte gerädert, betete und wartete.

Erst nachdem Heynrich seine Gebete gesprochen hatte, das Kreuzzeichen schlug und aufstand erhob auch sie sich.

„Mutter Oberin, wir haben zu sprechen, wie Ihr Euch gewiss denken könnt. Doch dazu sollten wir in Eure Räume zurückkehren!"

n ihre Räumlichkeiten zurückgekehrt, sah sie wohl, dass Heynrich sein Reisebündel bereits geschnürt hatte.

„Vater, ich habe Euch zu danken. Wie schätzt Ihr das Risiko einer erneuten derartigen Heimsuchung ein?"

Ein Lächeln legte sich auf seine Lippen, als er an den Spiegel dachte, der sich wohlverwahrt in seinem Besitz befand und dort bleiben würde.

„So Ihr nicht von selbst die Tore Eures Klosters erneut öffnet um einen anderen ungebetenen Gast einzulassen, so wird Euch kein Leid dieser Art mehr wiederfahren. Doch eines gibt es noch zu besprechen. Ihr gabt mir freie Hand über Eure Schwestern. Es gibt durch die Situation nun mehrere Bereiche, die noch einer Nachbehandlung bedürfen."

„Sprecht Vater, es soll geschehen, wie Ihr dies wünscht."

„Nein, nicht wie ich es wünsche. Sondern, wie es für das Heil von Euch und Euren Mitschwestern sinnvoll ist."

Milde lag in seinen Worten, als er ihre Hand nahm und ihr in die Augen sah.

„Mutter Oberin, löst den 13. Aspekt der Klosterregeln. Euer Orden ist nicht auf diese Strenge ausgelegt! Die Schwestern dienen diesem Aspekt nicht freiwillig. Doch genau dadurch botet Ihr dem Dämon eine Angriffsfläche. Und mildert die Form der Züchtigung. Ich sah, wie Ihr Euch bewegtet. Mitunter erwächst Wollust aus Züchtigungen dieser Art und auch hier vermag ein Wesen dieser Art anzusetzen. Ist Euch dies klar?"

Nickend bedeutete sie das Verstehen.

„Überdies werdet Ihr Schwester Martha und Schwester Agnes auf Pilgerreise schicken. Schwester Martha als Buße für Ihr Verhalten und als Belohnung gleichermaßen. Sie sollte einmal in ihrem Leben den Heiligen Vater treffen dürfen."

Griff in seine Kutte und reichte Hedwig ein versiegeltes Stück Papier.

„Schwester Agnes soll dies zum Heiligen Vater bringen. Es ist ein Dispens, so sie auf ihrer Reise zur Erkenntnis gelangt, ein weltliches Leben läge ihr mehr. Sie soll dies jedoch gut überlegen. Mitunter ist die Konfrontation einer Begierde heilsamer als die beständige Konfrontation des Nichterlangens."

Die Äbtissin nahm das Stück Papier entgegen und schwieg.

„Es ist mein Wunsch, dass Ihr sie selber wählen lasst. Sollte sie weiterhin dem Herrn zu dienen wünschen, so werdet Ihr eine Möglichkeit finden, um ihr den passenden Platz zu wählen. Dies obliegt Euch, Mutter Oberin!"

Ein weiterer Griff brachte ein kleines Fläschchen hervor, das er ihr ebenfalls reichte.

„Und dies ist für Euch. Gesegnet vom Heiligen Vater selbst. Bewahrt es gut auf. Solltet Ihr es benötigen, dann nutzt es. Ich für meinen Teil tat hier, was ich vermochte. Mein Weg zurück wird beschwerlich genug sein."

„Und Schwester Prudence?"
„Um diese Nonne braucht Ihr Euch weniger Sorgen zu machen als um Euch selbst. Sie ist eine Nonne aus Berufung heraus – wie Ihr. Nehmt sie unter Eure Fittiche, sie könnte eine gute Nachfolgerin für Euch sein. Lehrt sie und bereitet sie auf das Amt vor so wie Ihr darauf vorbereitet wurdet!"

„Vater, so wie Ihr wünscht, wird es geschehen."

Heynrich nickte und blickte zum Firmament.

„Für mich ist es an der Zeit aufzubrechen! Ich werde Euch in den nächsten Tagen eine Unterstützung für Euren Priester zukommen lassen."

Lächelnd nickte er der Äbtissin zu, packte den Beutel mit seinen Habseligkeiten und verließ die Kammer. Der Rückweg würde beschwerlich genug werden.

„ater, was Ihr hier schildert, von Derartigem las ich bereits."

„Natürlich. Diese Dämonen der Lust sind speziell, sie zielen auf niedere Gelüste ab, zehren an der Energie und dem Glauben. Du wirst eines Tages eigene Erlebnisse vorweisen können. Viele Glaubensbrüder haben zeitweise mit ihnen zu kämpfen – nicht nur die Schwestern. Derzeit jedoch sei froh, dass sie dich nicht berühren."

„Was wurde aus den Schwestern?"

„Nun Franziskus, Schwester Prudence übernahm tatsächlich den Platz der Äbtissin, als Mutter Hedwig viele Jahre später verschied und führte das Kloster in ein blühendes Leben. Was Schwester Martha betraf, so hatte sie nur noch kurze Zeit zu leben. Schwester Agnes jedoch - nun, das ist eine andere Geschichte."

"Vater, woher wisst ihr dies alles?"

„Für heute ist es genug. Denke über das Gehörte nach und ziehe deine eigenen Lehren daraus. Betrachte es als die heutige Lektion."

Mit diesen Worten stand er auf, nahm die Papiere mit sich und verließ den Raum, einen nachdenklichen jungen Mann zurücklassend.